Auteur de sept romans dont *Grand amour* et *L'Exposition coloniale* (prix Goncourt 1988), Erik Orsenna a enseigné l'économie à Science Po, à Paris-I et à l'Ecole normale, tout en assumant la fonction de directeur littéraire aux Editions Ramsay jusqu'en 1981.

De 1981 à 1983, il a été conseiller du ministre de la Coopération pour les relations économiques avec le tiers monde puis conseiller culturel du président de la République de 1983 à 1986.

Depuis 1986, il est maître des requêtes au Conseil d'Etat.

En 1990, il a été conseiller auprès du ministre des Affaires étrangères Roland Dumas, chargé des relations avec l'Afrique et le Maghreb.

Aujourd'hui, il préside le conseil d'administration de l'Ecole nationale supérieure du Paysage.

Il est également l'auteur de *Loyola's blues* (1974), *La Vie comme à Lausanne* (prix Roger-Nimier, 1977), *Une comédie francaise* (1980), *Besoin d'Afrique* (en collaboration avec Eric Fottorino et Christophe Guillemin, 1992), *Mésaventures du Paradis* (en collaboration avec Bernard Matussière, 1996) et *Longtemps* (1998).

ERIK ORSENNA

Deux étés

ROMAN

FAYARD

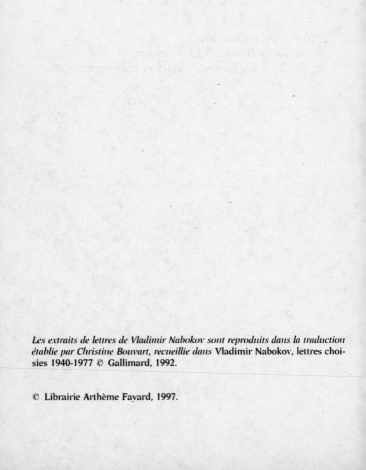

Pour Gilles Chahine,
Pour Jean-Bernard Blandenier,
Pour tous mes frères îliens et traducteurs.

Ces îles qui parfois se montrent au regard
Ne sont point ferme sol ou substance certaine,
Mais terres égarées parmi les eaux nombreuses
Et çà et là courant : les Iles Vagabondes.

Edmund Spenser :
La Reine des fées.
Livre II, Chant XII.
(Traduction Pierre Leyris.)

Heureux les enfants élevés dans l'amour d'une île. Ils y apprennent au plus vite certaines pratiques utiles pour la suite de l'existence : l'imagination, la solitude, la liberté, voire une certaine insolence vis-à-vis de la terre ferme; et guetter l'horizon, naviguer à voile, apprendre à partir...

Notre île.

De septembre à fin juin, dans la grisaille scolaire de Paris, nous ne rêvions que d'elle. Nous l'avions collée partout, dans nos chambres, derrière le rabat de nos pupitres, sans doute aussi à l'envers de nos paupières. Vers elle convergeaient nos projets d'amour ou d'aventure. En elle nous avions domicilié les héros de nos lectures, Robinson, bien sûr, mais aussi les Trois Mousquetaires, la Sanseverina, sans doute étonnée de se retrouver là, sur ces deux morceaux de granit exigus rongés par les courants.

L'île nous consolait de tout en même temps qu'elle nous faisait honte de nos fai-

11

blesses. Qui aurait pu nous éduquer mieux?

Et l'île était notre seul patrimoine commun avec les adultes. Eux aussi avaient sa carte encadrée dans leurs bureaux d'assureurs, de médecins ou d'industriels du jouet. Eux aussi lui confiaient tous leurs songes un peu vastes, leurs besoins de rivages.

C'est dire la joie générale quand sonnait l'heure de partir pour elle. Je me souviens : la voiture s'appelait Frégate, une grosse Renault blanche. Dès la porte de Saint-Cloud, nous prenions la mer.

Nous aurons sautillé d'été en été comme de pierre en pierre d'un gué. Le reste de nos vies peut s'oublier sans regret.

I

Comment, dans la maison envahie, dès les premiers jours de juillet, par la famille au complet, comment, cernés de près, de si près par les cousins, tantes, aïeux, issus de germains, frères, sœurs laïques ou religieuses, veuves collatérales, amies de toujours, arrière-grand-mères alertes, oncles soupçonnés d'héritages, pièces rapportées (gendres si décevants, brus trop parfumées), comment, séparés d'eux tous, au mieux par une cloison plus mince que du papier, souvent par un simple rideau à fleurs, comment, dans une pièce minuscule et submergée d'enfants, ressemblant à l'arrière-boutique d'un brocanteur tant y avaient été accumulés des lits de toutes tailles et sortes, comment, épiés, mine de rien, par le cadet rieur debout sur son oreiller ou surveillés de plus haut, *via* un trou creusé dans le plafond de sapin, secret béni redécouvert de génération en génération par les mêmes adolescents prépubères et fiévreux, comment, parmi cette foule, s'aimer ?

Pour l'acte lui-même, sous les couvertures on s'arrange toujours. À preuve l'innombrable descendance apportée par le printemps suivant. On apprend vite à faire taire les sommiers, à mordre son poing au moment de l'extase, à tenir prête une serviette nid-d'abeilles pour éviter de compromettre un drap dont la moindre tache serait, au fil des siècles et des siècles, infiniment et savamment commentée.

Mais l'accompagnement, la musique si nécessaire, bref les mots d'amour ?

La maisonnée entière, tout au long de la nuit et des siestes, ne quittait pas les aguets et faisait son miel du moindre acquiescement tendre, « oui, oui », même chuchoté, du plus petit encouragement, « encore, encore », pourtant délicatement déposé dans le canal de l'oreille.

Et le lendemain, au cœur d'une matinée paisible, on entendait monter de la plage des gémissements de bambins, « oh oui, encore, encore... » tandis qu'enchapeautées sur les terrasses, les ancêtres commentaient aigrement, sans lâcher leurs tricots, l'indiscrétion de la jeunesse.

Les coupables piquaient du nez dans leurs petits déjeuners, se le tenaient pour dit, ravalaient désormais, et pour toujours, leurs épanchements verbaux.

Sur cette île aux mots d'amour réprimés, un petit homme un beau jour débarqua. Il avait des yeux sombres, une allure de faune et portait, insensible aux railleries des marins peu amateurs de ce genre d'élégance, un costume de lin blanc.

La tristesse l'avait chassé de Paris. Trop de souvenirs, là-bas, lui rappelaient le grand ami récemment disparu, Jean Cocteau. Le « prince des poètes » venait souvent lui rendre visite en son logis du boulevard Saint-Michel, et prenait plaisir à voir et entendre le jeune faune, plus ou moins vêtu, lui déchiffrer du Couperin jusqu'à l'aube.

L'île n'était pas sa première escale. Il parcourait la France entière. Il cherchait un nouveau séjour, un port d'attache. Traducteur, il pouvait exercer son métier où bon lui semblait.

Trois kilomètres du nord au sud, un et demi d'est en ouest, l'exploration ne fut pas longue. Au fur et à mesure que le visiteur découvrait les merveilles de l'endroit, une certitude joyeuse s'ancrait en lui :

« J'ai trouvé, j'ai trouvé le lieu où je vais réapprendre le goût de vivre.

« Moi qui hais la pluie et le froid, voici le microclimat parfait. Une île qui intimide les nuages : ils demeurent au loin, comme accrochés au continent. Une douceur envoûtante de l'air, sans doute la caresse d'un des bras du Gulf Stream. Une flore d'autres latitudes, aloès, mimosas, palmiers, un morceau de Sardaigne au milieu de la Manche.

« Moi dont le travail est celui d'un passeur, quel spectacle plus inspirant que cette ronde éternelle de bateaux d'un point à l'autre de l'archipel ?

« Comme, par ailleurs, on m'affirme que dès le 25 août les lieux se vident, que les marées, parmi les plus fortes du monde, deux fois par jour vous nettoient la tête, et que le riz au lait, chaque mercredi, vous reconduit en enfance, inutile de chercher plus. Je suis rendu. »

Ainsi discourait en lui-même, à la terrasse du café local, le Chardon Bleu, le traducteur aux allures de faune. Il plissait les yeux, signe, chez lui, de la plus extrême satisfaction. Et pour fêter l'événement, ses lèvres, ses lèvres charnues et grenat se promenaient rêveusement sur le rebord d'un verre Duralex de très mauvais gamay.

Autour de lui, on parlait des langues étranges. Sur sa droite, un groupe de jeunes ébouriffés commentait avec véhémence un événement mystérieux de l'après-midi qui semblait les emplir de rage.

— Gâcher une si belle adonnante !
— À un demi-nautique de la ligne !
— Encore fallait-il raidir les pataras...
— La prochaine fois, je m'occuperai moi-même du halebas.

La conversation du couple, sur sa gauche, était beaucoup plus calme : des chuchotements de sacristie parsemés de mots latins.

— En tout cas, notre nurserie tient la forme !

— Tu as vu la *Wisteria sinensis* ?

— On nous dira ce qu'on voudra, rien de tel que le marcottage en serpenteau !

— Parfait, parfait, se dit notre héros en se frottant les mains (si petites, soupirait Cocteau en les prenant dans les siennes, qu'on ne les imaginerait pas si savantes), parfait, l'idiome local est le français, mais d'innombrables patois s'y sont greffés. Quoi de plus stimulant, pour un traducteur, que ce richissime terroir verbal ? Ici la langue unique originelle d'avant Babel a volé en plus d'éclats que partout ailleurs sur la planète. Merci, mon Dieu, j'ai trouvé. Terre promise !

II

— Une maison, dans l'île ? Vous n'y pensez pas ?...

Maître H., notaire en la ville voisine de P., dévisageait avec stupéfaction son audacieux visiteur.

— Une maison ? Mais je n'en ai pas une à vendre, jamais. Les familles ne les lâchent pas. D'ailleurs, êtes-vous une famille ?

— C'est-à-dire...

— Parce qu'autant vous prévenir, si par exceptionnel je vous dénichais un petit quelque chose, là-bas les familles règnent. Aucune chance d'être accepté si l'on n'est pas une famille.

— J'ai deux neveux. Ils seront ravis de venir aux vacances.

— Deux neveux n'ont jamais constitué une famille. Faites un effort. Moi-même, de mon côté...

Du bout de ses doigts longs et grisâtres, assez semblables à des salsifis qu'on vient d'éplucher, il farfouillait dans son fichier.

Accroché au mur, Ernest Renan veillait. Quelle fonction précise exerçait dans cette étude l'auteur de *La Prière sur l'Acropole* ? Ernest Renan était la fierté soufrée de la région, celui qui avait osé s'affronter au catholicisme tout-puissant du siècle passé, l'homme dont on s'écartait quand il passait dans les rues de peur d'être frôlé par le diable.

— Non, je ne vois rien pour l'instant. À moins que... la sortie de l'indivision Landrieux... avec la marchande de vin quimpéroise et son beau-frère, le dentiste vietnamien... Jésus !

Il grimaçait, il naviguait dans un cauchemar, l'un de ces labyrinthes haineux qui sont le chemin de croix des notaires...

— Attendons un mois ou deux. Le temps de clarifier... Si c'est possible. Croyez-moi, certaines indivisions sont fort bien nommées.

Il s'était levé. Il paraissait épuisé.

— Je peux vous poser une dernière question ? osa le traducteur.

L'homme de loi ne répondit pas. Il battit seulement des paupières : au point où j'en suis...

— Sur l'île, là-bas... Les habitants ont l'air d'employer un vocabulaire extrêmement précis, des expressions de spécialistes, même les enfants. Jamais « truc », jamais « chose », jamais « filin », vous voyez ce que je veux dire, mais « échenilloir », « contre-espalier », « barre de flèche »...

20

— Ah, vous avez remarqué? Bien sûr, quelqu'un comme vous n'a pas pu ne pas remarquer. Et c'est ce qui vous attire? Normal. Quoi de plus normal?

Il jeta un bref coup d'œil à son interlocuteur. Et puis fixa la pointe de ses chaussures.

— L'île est minuscule. Vous l'aurez constaté. Et le site est protégé. On ne peut plus rien construire. Alors les êtres humains s'entassent entre les murs existants.

Il s'était arrêté. On aurait dit qu'il reprenait des forces ou appelait quelqu'un à l'aide. Ernest Renan, qui croyait si fort à la primauté de l'Esprit et au progrès de la Raison?

— J'avoue ne pas bien comprendre.

— Cette promiscuité n'est pas très propice aux conversations sentimentales. Alors on se venge, on parle d'autre chose que d'amour, et d'autant mieux. Bien sûr, je ne vous ai rien dit. Cette explication n'est qu'une hypothèse. Je ne suis pas psychologue. Allez, fabriquez-vous de la famille. Et je vais voir ce que je peux faire.

III

Vers la pointe nord de l'île, raconte la légende, deux frères avaient assassiné leur père pour lui voler son royaume. Dans l'instant suivant, pour prix de leur forfait, Dieu les avait pétrifiés tandis que le sang teintait la mer. Désormais le traducteur vivait là, au bord de la lande, entouré de pierres rouges.

Il n'avait pas emporté son Gaveau : l'instrument n'aurait pas supporté le climat. L'humidité détendait les cordes et ramollissait l'âme. Les accordeurs ne venaient plus sur l'île : à quoi bon ? Les pianos autochtones servaient d'étagères à photographies. Portraits d'ancêtres ou souvenirs de mariage avaient pris la place des partitions. Tout cela sentait l'encaustique. La musique était oubliée.

L'ex-indivision Landrieux était constituée de trois petites chaumières accolées. Il installa ses chats, sa collection de chats à l'ouest, et son lit à l'est. Au centre était la cuisine. Il y déposa, sur une table de bridge au feutre troué par les mites et les cigarettes, une vieille machine à écrire Remington. Bien sûr, elle ne remplacerait jamais son piano (elle n'avait pas le pouvoir de ressusciter Couperin). Mais elle occupait les doigts.

— Bienvenue à bord, lui dit une force de la nature vêtue d'une soutane, comme ils achetaient côte à côte des pommes de terre charlotte à l'épicerie-quincaillerie-bureau-de-tabac-papeterie. Passez donc un soir à la cure. Je suis le recteur.

Une semaine plus tard, après avoir longtemps débattu en lui-même (mes convictions mi-laïques mi-protestantes m'autorisent-elles à rencontrer un homme d'Église catholique?), le traducteur finit pas se rendre à l'invitation.

Le heurtoir était un gros dauphin de cuivre.

— Et si je puis me permettre, dit le recteur, après deux bolées d'un cidre râpeux comme une chute de vélo sur le gravier, comment allez-vous remplir vos journées?

C'était son obsession : le volume des journées. Il savait d'expérience que, dans une île, les heures sont dures à tuer, quasi invincibles. Comme si l'espace et le temps, ailleurs ennemis, s'alliaient en ces endroits pour rendre fous les humains.

— Je vais traduire.

— Traduire? Et de quelle langue, si tu veux bien m'excuser?...

Le recteur tutoyait facilement. L'île est

24

un bateau, n'est-ce pas ? Et nous sommes son équipage...

— L'anglais.

Le recteur grimaça. L'Angleterre n'avait pas bonne presse dans cette région bretonne. Des siècles durant elle avait envahi, brûlé, violé, massacré.

— Tu ne pourrais pas choisir des livres du Sud ou de l'Est, espagnols ou chinois ? Ces peuples-là ne nous ont pas fait de mal, tu comprends ?

La fréquentation de Cocteau avait appris au traducteur toutes sortes de caresses et notamment celle de prononcer au bon moment la phrase qu'on souhaite entendre.

— Les traducteurs sont des corsaires.

L'œil droit du recteur, celui que ne couvrait pas une lourde, très lourde paupière, s'était allumé. Pour « remplir ses journées », il s'était lancé dans l'histoire locale, habitude fréquente chez les ecclésiastiques. Et il avait découvert que notre douce île, morceau du paradis, amène paysage de rochers roses et d'hortensias, avait jadis engendré de redoutables guerriers flottants. À peine atteint l'âge de raison, ils se faisaient délivrer par les autorités du roy de France une « lettre de marque ». Ainsi accrédités, ils sautaient dans leurs petits navires et « couraient sus aux gens sans aveu » (les Anglais). Raison pour laquelle, avouons-le, ceux-ci venaient de temps en temps nettoyer notre archipel.

— Des corsaires ?

Le recteur ne devinait toujours pas quelles ressemblances on pouvait trouver entre ces pratiques fort violentes et la traduction, occupation des plus tranquilles. Il fallut éclairer sa lanterne.

— Quel est le travail du corsaire ? Quand un bateau étranger lui plaît, il l'arraisonne. Jette l'équipage à la mer et le remplace par des amis. Puis hisse les couleurs nationales au sommet du plus haut mât. Ainsi fait le traducteur. Il capture un livre, en change tout le langage et le baptise français. Vous n'avez jamais pensé que les livres étaient des bateaux et les mots leur équipage ?

— C'est vrai que vu comme ça...

Et le recteur se resservit du cidre râpeux comme un jour sans musique.

À compter de cette conversation, tout finissant vite par se savoir, jusqu'aux secrets chuchotés en confession, chacun salua le traducteur dans les ruelles et sur la place du bourg, même les retraités de la Royale, ceux qui le 18 Juin, date maudite de Waterloo, portaient crêpe noir au revers. Pour un peu, on lui aurait tapé sur l'épaule : bonne chance, cher corsaire, on est avec vous, ah, si vous pouviez vous approprier l'Angleterre entière et nous débarrasser une bonne fois de tous ses habitants !

IV

Les débuts sur l'île du traducteur-corsaire n'avaient été que sagesse et prudence : durant les premières années, il ne s'occupa que d'auteurs défunts. Lesquels avaient bien des qualités, notamment le stoïcisme et la patience. Car la traduction est une opération douloureuse qui s'apparente à la chirurgie (on coupe des phrases, on ampute des sens, on greffe des jeux de mots, on triture, on ligature ; sous prétexte de fidélité, on trahit et meurtrit). Les auteurs défunts ne protestaient jamais. Et, avec des gens installés dans l'éternité, on pouvait prendre tout son temps. Aucun risque de rappels à l'ordre, d'index tapotés nerveusement sur le verre de la montre.

Dans le commerce avec cette population charmante (Henry James, Charles Dickens, Jane Austen), le traducteur avait pris de mauvaises habitudes de confort. Il travaillait quand l'envie le visitait : rarement.

Il faut dire que, contrairement aux craintes du recteur, les heures dans l'île glissaient sans effort ni la moindre trace d'ennui. À tout instant la lumière changeait et les allers-retours de la marée renouvelaient sans cesse l'horizon. On pouvait rester des jours assis à s'émerveiller de ces paysages éphémères. L'ancien citadin parvenu à la cinquantaine goûtait, enfin, la nature.

Quant à sa vie commune avec quarante-sept chats, elle lui donnait à penser. À leur sujet, il échafaudait maintes hypothèses. Je n'en livrerai ici que deux, sachant que ces animaux mériteraient plus d'un volume :

1. Au début des âges, les chats habitaient le corps des humains. Ils étaient leur part de sauvagerie, leurs restes de jungle. Chaque fils de Dieu avait son chat en lui, qui était sa liberté, sa réserve d'insolence. D'où des comportements souvent inexplicables chez les hommes : des ronronnements alanguis au soleil, interrompus brutalement par des fuites éperdues, des abandons aux caresses entrecoupés de refus, de colères, de coups de griffe, de blessures cruelles, aussi profondes et longtemps infectées que la jalousie. Le chat voulant sans doute par là signifier à son hôte, l'homme, que rien n'est jamais acquis et qu'on doit veiller toujours, jusque dans le repos.

Cette cohabitation ne dura pas : l'homme aspirait à plus de calme et le chat à moins d'autosatisfaction, moins de flatulences après les repas, moins de rou-coulements attendris avant le coït et moins de fierté grotesque après. Bref, incompatibilité d'humeur. Un beau jour, les chats abandonnèrent le corps des hommes sans pour autant quitter leur voisinage, dont ils avaient pris l'habitude.

2. Les chats sont des mots à fourrure. Comme les mots, ils rôdent autour des humains sans jamais se laisser apprivoiser. Il est aussi difficile de faire entrer un chat dans un panier, avant de prendre le train, que d'attraper dans sa mémoire le mot juste et le convaincre de prendre sa place sur la page blanche. Mots et chats appartiennent à la race des insaisissables.

V

Le soir, plusieurs fois par semaine, le traducteur recevait un jeune et solide garçon qui arrivait épuisé par son métier de transporteur, ses allées et venues perpétuelles, au volant de son tracteur, entre le port et les trois magasins du bourg. Ils s'installaient à table, face à face. Ils ne se regardaient pas, ne se parlaient pas. La machine à écrire restait entre eux comme un chaperon vigilant. Toute la nuit, ils buvaient du vin rouge. Le traducteur finissait par gronder doucement, il bourdonnait. Vers trois ou quatre heures du matin, il se levait, un peu chancelant, s'agenouillait aux pieds du transporteur, lui retirait ses chaussettes et partait les laver dans l'évier.

VI

Sur notre île, les enseignants sont nombreux : quand on bénéficie de longues vacances, autant les passer dans un paradis terrestre. On y emporte, dès la fin juin, une documentation monstrueuse et l'on fait semblant d'écrire un ouvrage définitif sur un sujet qui n'intéressera personne.

À ce peuple d'érudits, flâneurs de la recherche, éternels thésards, appartenait Jean-Paul, l'autre ami du traducteur. Pas très grand et rond de corps, des éclairs de détresse lui traversaient parfois le regard comme si un phare tournait en lui pour l'avertir de graves périls.

Ils s'étaient rencontrés comme on se rencontre entre voisins parce qu'un beau jour, juste au moment du dîner, alors que l'unique magasin local est fermé depuis des heures, il manque à l'un du sel ou l'œuf pour la mayonnaise, et que l'autre — « Mais comment donc, ça tombe bien, je mourais d'envie de vous connaître » —

ouvre son garde-manger et propose un verre : « Fêtons cela, voulez-vous ? »

Comme l'on sait, l'Europe du XVIIe siècle vivait mal l'effacement du latin. Elle pressentait que le temps approchait où, ayant perdu ce vieux vecteur, on ne se comprendrait plus d'Amsterdam à Bologne, de Salamanque à Heidelberg ou Oxford. Progrès d'opacité d'autant plus triste qu'au même moment la Raison traquait les brumes de la religiosité et de la superstition. D'où l'idée, chez les philosophes, et chez le premier d'entre eux, Descartes, d'inventer « une langue universelle fort aisée à apprendre, à prononcer et à écrire, et, ce qui est le principal, qui aiderait au jugement, lui représentant si distinctement toutes choses qu'il lui serait presque impossible de se tromper ».

Classons les idées principales, dérivons-en les idées connexes, décrivons l'ensemble par une combinaison simple de lettres ou de signes, et le tour est joué ! Oubliée, la nostalgie du latin ! Illuminés par la philosophie vraie, les humains allaient correspondre comme jamais. Exemple *N* : les êtres vivants ; *Nn* : l'animal ; *Nnk* : le quadrupède ; *Nnka* : le cheval.

Notre chercheur, Jean-Paul, étudiait, depuis maintenant presque dix ans, trois exemples de cette aventure de lumière :

— 1668, John Wilkins, évêque anglais, beau-frère de Cromwell : « *A real character and a philosophical language* ». Quarante classes d'idées principales. Communication applaudie par l'Académie royale.

— 1797, Jean de Maimieux, Paris : « *Traité de pasigraphie ou premiers éléments du nouvel art-science d'écrire et d'imprimer en une langue de manière à être lu et entendu dans toute autre langue sans traduction* » (douze signes majeurs).

— Et Jean Sudre, le plus tardif mais le plus curieux, l'inventeur du *Solresol*, langage mondial utilisant les notes de musique (1868).

Les visites du traducteur commençaient toujours de la même manière : un grattement contre la porte du jardin. Et il s'avançait, yeux baissés, pieds en dedans, ses mains pétrissant son bonnet tricoté, une image d'Épinal pour illustrer la maladie de la timidité : « Je ne dérange pas ? »

Ils s'asseyaient sur le muret de granit gris, assez loin l'un de l'autre, et parlaient sans jamais se regarder. Ils fixaient un point devant eux, quelque part sur la pelouse, entre les pissenlits. Le langage humain était plus que leur sujet favori, le héros des seules aventures qui les intéressaient vraiment. Des enfants jouaient au cerf-volant dans le pré voisin.

— Connaissez-vous George Steiner ?

— Qui allez-vous me présenter cette fois ?

— C'est le promeneur absolu, l'arpenteur de toutes nos cultures, présentes et passées. En ce moment, il achève un projet fou : le portrait de la terre après Babel. Pour lui, la langue des Indiens Hopi d'Arizona décrit parfaitement l'univers de la physique moderne, mécanique quantique et relativité. Par exemple, elle n'a pas jugé nécessaire d'inventer un mot pour exprimer le temps. Tout mouvement est chez eux fragile, incertain, éphémère, modifié par l'œil de celui qui l'observe.

Brusquement, le traducteur se levait, arpentait l'allée quelques secondes en grondant des « passionnant, vraiment passionnant » et revenait se rasseoir.

D'autres fois, c'était Jean-Paul qui interrompait la discussion pour aller téléphoner à sa femme. Un métier « normal », ophtalmologiste (seulement quatre semaines de vacances), la retenait à Paris où son mari l'appelait presque toutes les heures.

Le traducteur aurait voulu rentrer sous terre tant la conversation des époux, du moins la partie masculine qu'il en percevait, semblait chaude. Il se tordait, il rougissait et puis, se reprenant, tendait l'oreille : après tout, il était en train de travailler sur *Un portrait de femme*, de Henry James. Autant profiter de la circonstance pour s'informer sur l'univers féminin dont il savait si peu de chose...

Jean-Paul ressortait de la maison, un sourire attendri aux lèvres.

— Elle se sent bien seule, la pauvre. D'autant que là-bas, paraît-il, c'est la canicule. Où en étions-nous ?

— Croyez-vous que l'anglais va finir par tuer toutes les autres langues?

— Il se tuera d'abord lui-même. On ne s'étend qu'en s'appauvrissant.

— Et le chinois? La logique des idéogrammes est-elle compatible avec la binarité de l'informatique?

VII

Un soir, après le dîner, l'éternel thésard emmena le traducteur sur le second sommet de l'île, la chapelle Saint-Michel, vingt-six mètres au-dessus d'une mer presque noire, striée seulement par les allées plus claires du courant. Une dizaine de petits pyjamas blancs les avaient précédés, assis sagement autour de la croix.

— Alors, comment s'appelle cet îlot, là-bas, derrière le chalutier à l'ancre ?

— Beniguet, monsieur.

Un adulte interrogeait, massif et barbu. Dans la pénombre, des doigts se levaient, comme à l'école, et des voix cristallines répondaient.

— Et celui-ci, dans l'axe du clocher, si vous parvenez encore à distinguer quelque chose ?

— Maudez.

— Très bien. Demain, quand vous prendrez les kayaks, n'oubliez pas tous les autres, les rochers invisibles, ceux qui déchirent les coques des bateaux.

Le thésard se pencha vers son ami et, dans un murmure, pour ne pas gêner la leçon :

— Nous avons devant nous les ruines de la tour de Babel...

D'un geste lent, il montrait l'archipel, les dizaines de masses sombres éparpillées dans l'eau jusqu'à l'horizon où maintenant, de plus en plus vite, tombait le soleil.

— Vous savez le nombre de langues encore parlées dans le monde aujourd'hui ?

Par deux fois pivota la tête du traducteur. Il avait pour toujours rayé les chiffres de sa vie.

— Au moins cinq mille. Et cent quatre-vingt-dix pour la seule Amérique centrale. Philologie ne signifie pas science des racines, mais amour du Logos. Un jour, tous ces morceaux se réuniront. Et le Logos recouvrera son unité.

Le traducteur se dit avec soulagement qu'étant donné la durée prévisible de son existence, il ne connaîtrait jamais le « Logos réunifié » ni les horreurs qui, forcément, l'accompagneraient : une transparence glacée, le silence éternel, sans compter la mise au chômage technique des traducteurs et interprètes. Décidément, longue vie, plus longue vie possible aux ruines de Babel !

Les pyjamas blancs dévalaient la pente, poursuivis tant bien que mal par leur professeur d'archipel.

— Attention ! criait-il, affolé. Mais attention, voyons !

Entre ses hurlements, on l'entendait marmonner, de plus en plus rageur et essoufflé :

— À quoi sert de leur apprendre la mer, à ces petits cons, s'ils se rompent les os sur le plancher des vaches ?

Cette nuit-là, le vin rouge ne parvint pas à apaiser la tristesse du traducteur. Il prit un livre dans l'entassement de cageots qui lui servait de bibliothèque et jusqu'à l'aube lut à haute voix, très haute voix, La Fontaine...

> *Il est un singe dans Paris*
> *À qui l'on avait donné femme.*

— Écoutez, disait-il à ses chats, écoutez de toutes vos oreilles une langue qui sera bientôt morte.

Les chats hochaient la tête d'un air entendu.

VIII

Vie quotidienne d'un nobélisable

En Suisse, les paquebots, à peine construits, sont hissés sur le sol et deviennent grands hôtels. Cette pratique locale présente bien des avantages, dont celui-ci : les voyageurs ne souffrent pas du mal de mer. Comme, en outre, la plupart de ces voyageurs-là sont vieux, repus d'horizons, fatigués de courir, et qu'ils n'aspirent qu'au repos, l'inconvénient de l'immobilité n'existe pas. La clientèle y retrouve ce qu'elle a toujours connu : le charme des longs couloirs, une pénombre de coursives, les salons surchargés, les repas en musique, et cette atmosphère de croisière éternelle lui suffit.

C'est à bord de l'un de ces paquebots terrestres, le Palace de Montreux, que vivait l'écrivain Vladimir.

Et c'est là qu'au bord de l'eau il piaffait.

Chaque fin d'après-midi, durant sa promenade, sa femme Véra à son bras, il s'avançait sur le ponton du petit port, d'un pied agile malgré son âge et sa corpulence, écartait les barques, se penchait et, se mirant dans le Léman, demandait en russe :

— Qui d'autre mieux que moi mérite le Nobel ?

Le lac fait partie d'un pays neutre : il sait, quand il faut, se montrer évasif. D'autant que Genève, autre ville riveraine et concurrente de Montreux, accueillait souvent un autre monstre sacré des Lettres mondiales et tout aussi piaffant, l'Argentin Borges. Pour ne blesser personne, le lac chuchotait donc une réponse indistincte et le couple s'en allait, quelque peu rasséréné, vers le solide whisky du soir (qu'il cachait dans une théière).

Véra et Vladimir savaient que l'académie de Stockholm parfois découvre, mais souvent constate : plus on rayonne sur l'Univers et plus on a de chances d'être consacré. Depuis toujours, ils prêtaient donc une attention méticuleuse aux agents du rayonnement : les traducteurs.

Destinataire : Hutchinson & Co

De Vladimir Nabokoff-Sirine
Nestorstrasse 22
Berlin-Halensee

Le 22 mai 1935

Chers Messieurs,

Merci pour votre lettre du 15. J'ai bien noté que la traduction est en cours de composition chez vos imprimeurs et que je vais recevoir un jeu d'épreuves. Je n'ai certes pas l'intention de faire des corrections superflues, et, d'une manière générale, je ne voudrais pas causer le moindre retard. Mes exigences sont très modestes. Dès le tout début, j'ai cherché à obtenir une traduction fidèle, complète et correcte. Je me demande si M. Klement vous a informé des défauts que j'ai trouvés à la traduction qu'il m'a envoyée. Elle était approximative, informe, bâclée, pleine de fautes et d'oublis, sans nerf et sans ressort, et jetée avec une telle lourdeur dans un anglais si terne et plat que je n'ai pu la lire jusqu'au bout; tout ceci est plutôt dur pour un auteur qui travaille à atteindre l'absolue précision et se donne les plus grandes peines pour y parvenir, pour enfin découvrir qu'un traducteur démolit tout tranquillement chaque fichue phrase.

Et ceci, presque trente années plus tard :

Destinataire : The International Herald Tribune

*57, promenade des Anglais
Nice*

Le 25 février 1961

Monsieur,
Je suis sur le point de me lancer dans une guerre contre les mauvais traducteurs distingués...
Respectueux hommages.

Partout dans le monde, des malheureux

45

s'échinaient sur *Feu pâle*, *Lolita*, *Sebastian Knight* ou *Le Clocheton de l'Amirauté* (prix Play-Boy 1975), ils s'usaient à rendre des transparences, des battements d'ailes, des musiques éphémères : comment rester fidèle à l'infidèle, la plus nomade et butineuse langue du siècle ?

Ils auraient pu s'attendre à quelque gratitude. Hélas !

Régulièrement sifflait dans les airs le fouet de Vladimir, une terrible chambrière à lanière en peau de taureau Miura. Alors, en quelque lieu reculé de la planète (une pauvre cuisine encombrée de dictionnaires et tressaillant toutes les cinq minutes sous le fracas du réfrigérateur, un appentis au fond d'un jardin dégoulinant de pluie et cerné par les agapanthes, ou un F2 perché en haut d'une tour, avenue de Choisy, Paris XIIIe), un traducteur, victime désignée du jour, grimaçait sous le coup, serrait les dents, ravalait ses larmes, déchirait sa vingt-deuxième version du chapitre XVI de *Lolita* et entamait la vingt-troisième.

Vladimir, satisfait, s'abreuvait à la théière.

— Tu veux un soupçon d'Earl Grey pur malt, douchka mon âme ?

Et dans la nuit étoilée de Suisse, le paquebot Nabokov voguait au-dessus des Alpes vers les pays de la gloire pure. Parmi les Archanges, qui se soucie d'un misérable petit Nobel ?

IX

Librairie Arthème Fayard
Le Président-Directeur général

*Monsieur Gilles C.
île de B.*

10 octobre 1969

Monsieur,

La haute estime en laquelle nous tenons votre travail nous conduit à vous proposer la traduction en langue française du dernier opus de l'écrivain russo-américain nobélisable Vladimir Nabokov. Il s'agit d'une chronique familiale et incestueuse intitulée **Ada or Ardor***. Et l'auteur, que n'étouffe pas la modestie (mais vous connaissez les auteurs), en parle ainsi : « Il n'est rien dans la littérature mondiale, sauf peut-être les réminiscences du comte Tolstoï, qui puisse le disputer en allégresse pure, innocence arcadienne avec les chapitres de ce livre. »*

En espérant que vous serez sensible à cette marque de confiance...
(Formule de politesse alambiquée.)

Charles Orengo.

P.S. : Outre la proposition de contrat, vous trouverez ci-joint le premier chèque en attestant la réalité.

P.P.S. : M. Nabokov n'appartenant pas encore au peuple infiniment patient des défunts, nous nous permettons de souhaiter une accélération de vos allures.

Notre Gilles, ébaubi, tournait et retournait dans ses mains la missive et son annexe quasi sonnante et trébuchante. Jamais, de mémoire de traducteur, on n'avait vu autant de liquidités précéder la remise d'au moins cent feuillets soigneusement dactylographiés, double interligne. À n'en pas douter, le Nobel se rapprochait et l'éditeur ne voulait pas manquer la tonitruante réclame qui l'accompagne.

— Engrangeons toujours, se dit le traducteur, et louons Dieu.

Depuis longtemps, les toits délabrés avaient abandonné toute ambition de retenir la pluie. Malgré des bassines déposées çà et là, sous les fuites principales, une humidité permanente gâtait tout dans les chaumières, y compris le caractère des chats. Le chèque allait permettre de retrouver l'étanchéité à laquelle tout être vivant a droit.

Le traducteur courut à la Poste, déposa le chèque, réclama Paris.

— Cabine deux, lui indiqua la préposée.

— J'accepte! cria-t-il un peu trop fort dans l'appareil.

— Vous vous rendez compte, au lieu du courrier au tarif carte postale, il utilise maintenant le téléphone. On nous l'a changé! confia l'éditeur à son assistante en reposant le combiné. Notre îlien a quitté pour de bon le royaume de la lenteur!

Cette remarque prouve une nouvelle fois que l'optimisme est mauvais devin.

Fête, le soir, chez le traducteur. Bœuf mode pour les chats et bordeaux supérieur pour l'ami aux socquettes.

Le drame ne commença que le lendemain, lorsque le traducteur prit connaissance des autres documents inclus dans le paquet envoyé par Arthème Fayard : outre le chef-d'œuvre à traduire, quelques lettres de l'auteur renseignant sur sa personnalité.

Maintenant, la petite question suivante va peut-être vous paraître triviale, mais elle me préoccupe. Je crains que l'expression « M. Nabokov est un second Pasternak » ne soit une déformation de journaliste. Il serait peut-être correct de dire, comme l'ont fait certains, que Pasternak est le meilleur poète soviétique, et que Nabokov est le meilleur prosateur russe, mais là s'arrête le parallèle.

« Oh, oh, se dit notre ami, ce client-là n'a pas l'air commode ! »

Il reprit sa lecture, envahi des pires pressentiments.

Donc, juste afin d'empêcher toute publicité bien intentionnée de s'engager sur une fausse piste, j'aimerais exprimer mes objections au Docteur Jivago — *qui déborde sans doute d'intérêt humain mais qui est minable sur le plan artistique et d'une grande platitude sur le plan de la pensée. Ses aspects politiques ne m'intéressent pas ; il n'y a que le côté artistique des romans qui me concerne. De ce point de vue,* Jivago *est une chose affligeante, maladroite, mélodramatique, avec des situations toutes faites et des personnages banals. Ici ou là, on trouve un paysage ou une métaphore qui évoque Pasternak le poète talentueux, mais cela ne suffit pas à sauver le roman de sa banalité provinciale, si typique de la littérature soviétique de ces quarante dernières années.*

(Lettre à George Weidenfeld,
12 janvier 1959.)

Le traducteur avait retiré son bonnet marine et se triturait la calvitie, signe chez lui du plus profond désarroi.

« Mon Dieu, je suis tombé sur un dément ! »

Maintenant, passons au papillon de la page de titre, il a la tête d'une tortue naine, et les motifs de ses ailes sont ceux de la banale Piéride du Chou (tandis que l'insecte de mon poème est clairement décrit comme appartenant à un groupe de petits papillons bleus au revers des ailes ponctué), ce qui n'a pas plus de sens dans le cas présent qu'il y en aurait à dessiner un thon sur une jaquette de Moby Dick. *Je veux être bien clair et franc : je n'ai rien contre la stylisation mais je m'élève catégoriquement contre l'ignorance stylisée.*

(Lettre à Pyke Johnson Jr,
15 mars 1959.)

« Mon Dieu, délivrez-nous des auteurs vivants ! Et celui-ci, dans la catégorie des vivants, me semble devoir remporter la palme. Dans quel pétrin me suis-je fourré ? Voyons l'*Ada*, maintenant. Il ne manquerait plus que sa chronique tolstoïenne soit intraduisible ! »

L'ouvrage commençait tranquillement sur un air bien connu : « *Toutes les familles heureuses sont plus ou moins différentes, toutes les familles malheureuses se ressemblent plus ou moins.* » Mais, deux pages plus loin, après les inévitables présentations généalogiques qui font ressembler les romans à des femmes boutonnées du col jusqu'aux chevilles, tant vous ronge l'impatience d'arriver au fait, l'auteur s'envolait, ricochait d'image en image, picorait les souvenirs : proposition de mariage dans un ascenseur, voyage à Damas, général cocu, edelweiss, lecture de Proust laissant un goût de friandise turque (*sic*).

Comment rendre en français la promenade ailée de la narration dans ce bric-à-brac, comment faire passer cette légèreté, cette liberté, cette fantaisie de papillon butinant le monde?

Car l'horreur était bien là : à force de poursuivre, filet à la main, les lépidoptères, le nobélisable caractériel avait imprégné son écriture de leur grâce.

X

De cet instant, de cette lecture éblouie et catastrophée, date l'aggravation de la maladie du traducteur. Nous le savons, il n'était pas dans sa nature de presser l'allure. Sur ce point, ses éducateurs de l'École alsacienne avaient manqué un de leurs objectifs qui est d'apprendre à l'enfant une avarice scrupuleuse en matière de temps (ne jamais le perdre) et la crainte, à claquer des dents, du dieu Délai. Mais, cette fois, le retard prit tout de suite des proportions désastreuses et sans doute irrémédiables. Le chèque miraculeux et le chef-d'œuvre maudit étaient arrivés en octobre 1969. Trois ans et cinq mois plus tard, la traduction n'avait pas même commencé.

Chaque matin, au lever, après que le café eut entamé sa lutte farouche contre les brumes engendrées par le vin rouge de la nuit, le traducteur rendait visite à son remords, l'insupportable Ada. Il l'avait installée sur une étagère, dans la chaumière des chats. Sur elle ils pissaient ou faisaient leurs griffes. Notre ami se réjouissait de ces relations intimes. Il y voyait la meilleure des préparations pour les travaux à venir. Puis il retournait dans la masure principale, rôdait autour de la table de bridge où reposait la machine à écrire. De ses doigts précis d'ancien pianiste il caressait une à une les touches de l'antique Remington portative privée de lettre P, il murmurait « plus tard » et s'en allait parler d'autres choses, prix du lait ou perspectives climatiques, avec son ami Denis, le meilleur pêcheur au monde de homards géants.

Si l'on ajoute qu'il feuilletait, parfois, quelques revues illustrées racontant la Russie d'avant 1917 ainsi qu'une biographie du comte Tolstoï, on aura une description quasi complète de ses activités traductrices. Pour vivre lui suffisaient les quelques francs envoyés par ses neveux, devenus, à leur tour, adeptes de l'île où ils passaient les plus longues vacances possibles malgré la puanteur des chats.

XI

Trois ans et cinq mois.

Faiblesse, indifférence ou patience de nature divine : comment qualifier l'attente silencieuse d'Arthème Fayard ?

Le traducteur s'efforçait de ne pas penser à l'éditeur. D'ailleurs, il réussissait parfaitement dans ce travail d'oubli. Il s'était dit une bonne fois qu'à Paris on avait compris le caractère exceptionnel du livre de Nabokov. Pour apprivoiser ce genre de monstre, le temps ne comptait pas...

En octobre, époque où l'académie Nobel décerne son prix, une angoisse légère lui opprimait le plexus. Vite enfuie. Les Suédois, eux aussi, savaient que rien ne pressait. Ils avaient choisi Soljenitsyne (1970), Neruda (1971), Böll (1972). Le tour du Suisso-américano-russe viendrait plus tard.

Arthème Fayard avait bien raison de ne pas s'inquiéter.

De temps à autre arrivaient certes des enveloppes frappées des initiales bien connues « A.F. » Mais pourquoi se donner la peine de les ouvrir? Les éditeurs ont la manie de vous accabler de prospectus présentant, accompagnées d'hyperboles ridicules, leurs dernières publications. Comme si le traducteur d'un livre tel qu'*Ada* avait le temps de s'intéresser à autre chose!

— Gilles, ma directrice voudrait bien vous voir.

Ce jour-là d'avril 1973, comme tous les mercredis, notre ami venait acheter son riz au lait rituel à l'épicerie-quincaillerie-pharmacie-bureau de tabac-maison de la presse. Le personnage longiligne qui avait prononcé cette phrase inquiétante était facteur de son état, mais rien ne comptait à ses yeux que sa vocation littéraire. Pour que nul n'en ignorât, sa main gauche enserrait un livre Gallimard, en toute occasion, même quand, d'un bout à l'autre de l'île, il chevauchait fièrement son vélo surchargé. Cet homme admirait et enviait Gilles, jusqu'à la torture : aurai-je moi aussi, avant ma mort, mon nom imprimé sur une couverture?

Côte à côte, ils gagnèrent la Poste, une maisonnette enfouie sous les géraniums.

Dans le bureau de Mlle Tévennec, à côté d'une affiche vantant les mérites de la Caisse d'épargne (« La sécurité alliée à la liberté ») veillait, comme chez le notaire, Ernest Renan, l'ami de la Raison, le croyant au Progrès.

— Mon pauvre Gilles, cette fois je ne peux plus rien pour vous...

Cheveux gris trop laqués, corsage beige ajouré de dentelles, broche-hippocampe au revers de la veste, on aurait dit une grand-mère un jour de fête. Sauf que la fête était gâchée par une mauvaise nouvelle.

La directrice tapait des deux paumes sur son sous-main marron. Ses yeux bleus exprimaient la plus sincère des désolations.

— Paris m'a téléphoné. Les hautes sphères. (De l'index, elle montrait le plafond, ou bien le ciel.) Votre éditeur menace de porter plainte contre le service public. Votre silence, en dépit de ses rappels, ne peut s'expliquer que d'une seule manière : le courrier se perd.

— Ses... rappels...? Je ne comprends pas, balbutia le traducteur.

Elle secoua la tête, de plus en plus désespérée. Sa main droite disparut, ouvrit un tiroir et revint avec un sac en plastique Carrefour débordant de papiers.

— Voici toutes vos lettres, Gilles. Vous pouvez remercier le facteur que voici. Il les a récupérées Dieu sait où. Vous y trouverez aussi les envois les plus récents. Je les avais conservés. À quoi servait de vous les porter ?

Sa voix s'était radoucie comme si, soudain, elle parlait à un enfant.

— Bonne chance, Gilles. Nous vous

aurons protégé de notre mieux. Mais nous avons beau être une île, devant une vraie colère de Paris, nous sommes forcés de céder.

XII

Ce jour-là, l'air d'avril pétillait comme un matin de bonne fortune. On aurait dit que l'île allait soudain se mettre à siffloter, peut-être même esquisserait-elle un pas de danse ? Au bourg, de pâles sourires traversaient le visage des plus rugueux Bretons. Ceux qui connaissent cette race attachante savent qu'ainsi se manifeste, en ces régions, la suprême gaieté. Au long de la route, les genêts se piquetaient de jaune et la tige centrale des agapanthes, en se redressant, prenait des attitudes que l'Église aurait condamnées si elle avait regardé ailleurs qu'au ciel. De quel droit un éditeur parisien se permettait-il de gâter cette fête doucement enivrante qu'est l'arrivée du printemps à B., Côtes-du-Nord ?

Le traducteur s'était arrêté sur le pont Vauban qui réunit les deux morceaux principaux de l'île. À ses pieds, des mouettes picoraient le goémon. Il hésitait, perdu en lui-même, indifférent aux gens qui, en passant, le saluaient. Enfin il ouvrit le sac Carrefour et saisit, au hasard, l'une des innombrables missives.

Librairie Arthème Fayard
Le Conseiller littéraire

Paris, le 22 mai 1971

« Conseiller littéraire, gronda-t-il. Pourquoi pas le concierge? Je ne suis plus digne du Président-Directeur général? »

Monsieur,
Vérifiant mon courrier des mois écoulés, je ne trouve nulle trace de l'envoi de pages (au nombre de cent) prévu à votre contrat.
Certain qu'il s'agit là d'une nouvelle négligence de la Poste, laquelle vit pourtant de l'écriture, je vous prie tout à la fois d'effectuer les vérifications nécessaires et d'accepter mes sentiments les meilleurs.

Les autres lettres étaient de la même eau.

C'est alors qu'une nouvelle amitié lui fut offerte.
Après la côte du sémaphore il s'était arrêté pour reprendre haleine. Il tenait son cabas d'une main, chargé de l'ordinaire (jambon, pommes de terre charlotte et deux bouteilles de « velours pour l'estomac »), et le sac Carrefour de l'autre. Il tourna la tête. À travers le filtre d'une haie

de jasmins, un visage féminin l'observait, d'une bienveillance inconnue.

— Bonjour, Gilles, vous semblez bien soucieux par ce temps si glorieux.

Il l'avait souvent croisée. La dame était née Saint-Exupéry et parlait d'une petite voix émerveillée comme si le monde entier n'était qu'éblouissement.

Dans un geste d'impuissance, comme un tribut payé à la condition humaine, le traducteur leva ses deux bras chargés.

— Vous accepteriez de partager mon déjeuner? proposa la dame. Je suis venue préparer l'été. Vous savez comme sont les jardins. Allez, vous me raconterez vos soucis.

Un instant, le traducteur songea à ses chats : avait-il le droit de les abandonner?

Il se dit qu'un peu d'incertitude ne peut faire que du bien à ceux qui vivent ensemble.

XIII

Jardins et pôles

Elle et son mari vivaient éloignés.

Il explorait les pôles, elle attendait ses retours.

Il était de ces marins qui ont choisi de naviguer sur des mers immobiles et d'affronter des tempêtes terribles mais figées : en d'autres termes, la glace était son domaine. Il menait des expéditions scientifiques au pôle Sud. Il forait de grands trous au milieu du blanc et, dans les carottes immaculées qu'il remontait, lisait l'histoire de notre planète. Les glaces sont notre mémoire : en elles reposent les archives les plus sûres de nos climats passés. Il séjournait des mois et des mois dans un endroit que Dumont d'Urville, un siècle plus tôt, avait baptisé Pinguinopolis mais aussi Terre Adélie, en l'honneur de sa femme. Ce Dumont, navigateur affectueux et intrépide, avait connu d'autres heures de gloire : c'est lui qui, en 1837, avait rapporté de Grèce la *Vénus de Milo*. Peut-être le marbre l'avait-il lassé? À tout prendre, il préférait la banquise.

Pendant ce temps, en France, l'épouse du lieutenant de vaisseau-glaciologue se morfondait. De par sa famille d'aviateurs, elle comprenait l'aventure. Mais, justement, il lui fallait à elle aussi sa part d'exploration. Et, sous le bloc sinistre des jours et des jours privés d'homme, elle voulait retrouver des rythmes, des sens, des cycles. (Bien sûr, elle avait des enfants. Suffisent-ils jamais à une femme?)

Qui, le premier, d'entre le mari et l'épouse, eut la bonne idée?

La question restera sans réponse, chacun s'en attribuant, mordicus et cochon qui s'en dédit, la paternité (la maternité).

Querelle fréquente chez les couples qui s'entendent.

Un jour, elle avait regardé la pelouse jaunâtre qui descendait de sa maison jusqu'à la mer, une sorte de paillasson bordé de marguerites assoiffées : c'était peu après la Seconde Guerre mondiale, le ciel voulait sans doute se faire pardonner, le temps ne quittait pas le beau fixe. Il ne pleuvait plus l'été. Elle avait soupiré :

« Et si de ce désastre breton je faisais un chef-d'œuvre ? » (Version de l'épouse.)

Un jour, prisonnier comme toujours de ses glaces, l'époux avait songé à sa femme : « Décidément, je lui veux du bien. Quelle activité (licite) pourrait l'épanouir durant mes expéditions ? » Et c'est alors que l'idée végétale lui était venue. Il faut dire que la flore manquait, dans son environnement.

— Chérie, tu devrais faire de notre tapis-brosse une magnificence botanique que je serais tellement heureux de retrouver à chacun de mes retours! (Version du mari.)

À la vérité, le travail et le commerce des plantes présentaient bien des avantages pour une femme de marin : ils apaisaient le corps tout en aiguisant le goût, ils développaient la sensualité tout en la préservant du sexe extra-conjugal. (Version du narrateur.)

Quoi qu'il en soit, Mme née Saint-Exupéry lut les grands auteurs : Goethe (*Les Affinités électives*), William Robinson (*Notes on the Wild Garden*), Gertrude Jekyll (*The Main Hardy Flower Border*), Vita Sackville-West (*In Your Garden*), et surtout Russel Page, 1906-1985 (*The Education of a Gardener*). Elle passa des hivers à feuilleter des catalogues (Croux, Delbard, Pajotin, Ellebore) et s'y ruina. Elle planta, échoua, recommença. Et devint peu à peu jardinière de grand savoir.

— Avant, dit-elle, j'étais comme les autres estivants. Je n'arrivais que fin juin, la table déjà mise, les ajoncs en fleur et les hortensias bien joufflus. Comment, dans ces conditions, prétendre créer un jardin alors que la Nature avait déjà décidé pour moi? Je manquais l'essentiel : février où tout se prépare, mars où monte le printemps.

C'était exactement l'opinion du traducteur. Mais l'heure était venue d'expliquer ses tracas. Il décrivit la hâte impudente des éditeurs, leur mépris des rythmes les plus élémentaires : comme si l'on pouvait traduire Nabokov, l'ami tellement proche des papillons qu'il en avait emprunté les grâces imprévisibles, comme si l'on pouvait s'affronter à cette tâche inhumaine en hiver, époque vide du moindre lépidoptère, comme tout le monde le sait, sauf les éditeurs.

La dame lui prit les mains.

— Oh, comme je partage vos idées ! Ainsi, ils vous torturent ? Décidément, même les gens de livres sont contaminés par l'affreuse modernité. Si je puis vous être d'un quelconque secours... Je connais le nom des plantes. Cela vous serait-il utile ? Je n'avais pas le choix : les meilleurs ouvrages sur les jardins sont écrits en langue anglaise.

Le traducteur remercia chaleureusement. Oui, ce savoir serait certainement capital. Ce maudit Nabokov avait conçu son *Ada* comme une arche de Noé : il parlait de tout, et bien sûr de botanique.

Elle lui prit le bras et l'emmena visiter son chef-d'œuvre.

Elle lui citait en foule des noms d'espèces absolument inconnues.

Un jardin est aussi un savant fouillis de mots. Qui s'y promène sans savoir nommer ne goûte qu'une surface un peu floue.

Semblable au monde d'avant la Création (au commencement était le Verbe). Ou à celui du myope privé de lunettes par la gifle d'une femme soudain prude.

XIV

Éloge du troc

Trois mois plus tard, un 6 juillet humide, pour être précis, premier jour officiel des vacances, deux foules se présentèrent en même temps. Aussi mêlées sur le bateau qui les conduisait jusqu'à l'île que dissociées à l'instant où elles en débarquèrent.

La première foule portait des appareils photographiques et gloussait des « Que c'est beau ! », des « Sont-ils peints, ces rochers roses ? ». Cette foule-là, qu'environnaient de forts effluves d'ambre solaire, très incongrus vu le ciel gris de ce jour-là, demanda la direction des curiosités locales : phare des Naufrageurs, moulin à marée, point culminant (trente-deux mètres), et partit sans tarder à l'assaut de ces cartes postales. On aura reconnu dans cette horde goulue une race fort méprisée chez nous, les *touristes*.

Ne demeura que la crème : l'aristocratie, les familles qui possédaient maison et s'étaient elles-mêmes baptisées du noble nom d'*estivants*. Elles avaient formé une chaîne et, de la vedette jusqu'au quai, passaient de main en main le bric-à-brac de toute vie domestique entourée d'eau : cartons de confitures pomme-fraise, sièges à bébé, éviers de cuisine, bouées à tête de canard, Monopoly, étagères, scie égoïne... sans oublier les bidets pliants auxquels certains prêtaient encore des vertus contraceptives.

Bientôt une dizaine de monticules égayèrent la jetée. On se connaissait tous dans la foule numéro deux, on s'était beaucoup marié entre proches ; les voisinages étaient devenus cousinages. On s'accablait des dernières nouvelles : accouchements héroïques, réussite à Polytechnique, hélas décès d'une tante religieuse. Et, comme d'habitude, tardaient les chariots et charrettes préposés au transport des capharnaüms. Heureusement, la mer descendait. Les enfants ne quittaient plus leurs vélos.

Un peu à l'écart, un tout jeune homme se battait avec des dictionnaires. Ils s'étaient échappés d'une malle et vivaient leur vie sur le quai comme des gamins de colonie de vacances trop longtemps confinés. À peine empilés, ils s'effondraient. À peine sur le sol, ils pataugeaient dans les flaques et les rares volumes sages gobaient la bruine qui tombait dru, heureux de se faire gondoler les pages.

Ce spectacle ravit notre érudit, celui qui travaillait sur « les projets de langue universelle » et qui venait d'arriver avec le flux. Il aimait les traditions, il aimait que, de génération en génération, se perpétuent les mêmes rituels (et que l'on tombe dans les mêmes pièges). Il s'approcha, main tendue :

— Collègue, n'est-ce pas ? Thésard, vous aussi ?

Le jeune homme aux dictionnaires redressa la tête. Un éclair de fierté illumina son visage de bambin.

— Je travaille sur un amour de Stendhal, une passion inconnue !

— Passionnant, vraiment passionnant !

L'érudit se rappelait l'enthousiasme de sa jeunesse quand il croyait lui aussi qu'on peut finir une thèse. Il se dit qu'un jour ou l'autre, dans deux ou trois ans, les gros livres savants qui jonchaient le quai et intimidaient tant les marins s'en iraient enrichir à leur tour le fond d'un placard. Avec toutes les documentations inutiles abandonnées sur l'île, vestiges des projets interrompus, on aurait pu écrire la plus complète des encyclopédies. Bien sûr, il ravala son scepticisme, souhaita bonne chance, et que la grisaille continue ! Sous le ciel bleu et par bon vent modéré, les recherches par trop absconses viraient à la torture.

C'est alors que surgit la recruteuse. Longue robe à fleurs vertes et larges bretelles, tête de loup frisée blonde sous le chapeau de paille, mains légèrement refermées de travailleuse, la descendante de

Saint-Exupéry était très populaire. Outre son caractère enjoué, on recherchait son savoir botanique. On l'entoura, l'embrassa, la pressa de questions naïves : Est-il encore possible de tailler les pommiers? Le prunus s'acclimate-t-il ici? Comment faire pour hâter les dahlias?

La recruteuse sourit, s'écarta, leva ses deux paumes ouvertes.

— Tout doux, tout doux, commençons par le commencement. Quelqu'un ici sait-il l'anglais?

Elle expliqua les circonstances, la cruauté de Paris, l'urgence de traduire. Elle avait sa voix douce habituelle, mais, dans le ton, une détermination de glace.

Des doigts se levèrent : « Si cela peut servir, je veux bien, mais mes souvenirs d'école sont si loin... — Moi, j'ai vécu deux ans à Toronto... — Pour une fois qu'elle va nous être utile à quelque chose, notre bru australienne... — Moi, je préfère ne rien promettre avant d'avoir touché notre jeune fille au pair, il y a à boire et à manger dans cette engeance... »

Chacun des volontaires avait compris qu'il passait en cet instant un accord solennel : une phrase contre une bouture, un paragraphe contre un plant de plate-bande.

Des mots contre des fleurs, des jardins contre des livres, nous étions coutumiers de tels échanges. Poissons contre palourdes, essence contre gardes d'enfant, indications (fausses) de trou à homard contre

72

recette (incomplète) de riz au lait. Le troc a des vertus singulières : on y réapprend le toucher, le contact physique avec les divers articles disponibles dans le catalogue universel de la Création. Au lieu de céder à cette paresse (se reposer sur un prix), au lieu de succomber à cette banquise (la monnaie, équivalent général), on doit réfléchir à la valeur des choses et reconstituer un à un des couples : combien un kilo de bar vaut-il d'heures de bricolage, combien de couches de peinture sur la barrière pour la recommandation du petit à la Marine nationale ?

Le dialogue y gagne, en soi et avec le monde.

Seules quelques piécettes circulaient dans l'île, celles que les enfants ont vite fait de changer en Carambar. Pour le reste, rien que des comptes : un par famille, chez chacun des trois commerçants, réglés en fin de saison dans l'anonymat des correspondances.

L'argent demeurait là-bas, au loin, sur le continent, sous les nuages porteurs de pluie.

XV

Notre recteur avait la hantise des héré-
sies.

L'année précédente, au cours d'une de
ses promenades postprandiales, il avait
découvert à l'ouest du phare, caché par les
rochers, un vieil homme nu. Jambes
ouvertes, toison neige, musique enfoncée,
via des fils noirs, au fin fond du cerveau, il
prenait le soleil. Et sans doute un peu de
chaleur avant la tombe.

Le soir, l'ecclésiastique convoqua les
fidèles d'entre ses fidèles, la petite équipe
qui ne manquait aucun de ses offices,
organisait la kermesse du 15 août et
n'oubliait jamais le denier du culte.

— J'en étais sûr ! Avec toutes les billeve-
sées des journaux, le besoin de nature, le
culte de la transparence, les Adamites sont
de retour.

Tout venait de la Genèse : avant la chute,
Adam et Ève vivaient nus. Et le roi David,
sans doute pour renouer avec ces temps
bénis de contact direct avec Dieu, avait

dansé devant l'Arche vêtu d'un pagne minuscule. S'appuyant sur ces textes, quelques groupes, au fil des âges, avaient pratiqué ce nudisme mystique : les Gnostiques, les Bégards, les Turlupins...

Heureusement, en 1972, Dieu, dans Sa sagesse, avait, plus vite que d'habitude, clos l'été. Après un juin lumineux, la pluie s'était installée, antidote efficace contre l'Adamisme. On s'était vite rhabillé.

Un an plus tard, le recteur se découvrait d'autres inquiétudes.

— Dites-moi, vous ne trouvez pas qu'on marche beaucoup chez nous, cet été ?

On lui rappela les pèlerinages, Compostelle : la marche était une pratique parmi les plus saines, intimement et historiquement liée à la foi.

— Je vous croirais si tous ces nouveaux marcheurs convergeaient vers mon église. Hélas...

L'argument ne manquait pas de valeur. Quelqu'un alla chercher une réponse très loin, aux antipodes :

— Souvent, les îles ont des marcheurs remarquables. À vivre entouré d'eau, il est naturel d'éprouver un besoin de terre ferme sous ses pas. Regardez l'Australie. Vous connaissez Bruce Chatwin ? C'est un écrivain voyageur de la meilleure race : sens aux aguets, plante des pieds infatigable. Les aborigènes qu'il a rencontrés se déplacent d'un bout à l'autre des Territoires en chantant. Et ce chant, le « chant des pistes », le *song line*, est leur seule carte. Ils ne se perdent jamais. Au temps du Rêve, le pays n'existait pas encore. Les ancêtres l'avaient chanté caillou par caillou pour lui donner naissance. L'Australie peut être lue comme une partition musicale... En marchant, en chantant, les aborigènes mettent leurs pas dans les empreintes de leurs ancêtres, nommeurs du monde.

— C'est égal, dit le recteur, je reste vigilant. Cette floraison de cheminants ne me dit rien qui vaille.

Les prunelles du recteur ne l'avaient pas abusé : on marchait plus que jamais.

Pourtant, ce mode de locomotion est principal dans notre île où l'automobile est interdite, le tracteur rare, la mobylette réservée au médecin et au garde champêtre, le cheval étrangement inconnu, la mule rétive et employée à des pratiques amoureuses contre nature, le vélo toujours rouillé, cassé, déraillé : hors d'usage.

Mais les nouveaux marcheurs, ajoutés à la masse des habituels arpenteurs de chemins, avaient des façons particulières : leurs lèvres remuaient tout autant que leurs jambes; leurs yeux ne regardaient rien du monde, retenus sans doute par quelque spectacle intérieur. Et, de temps en temps, avec la violence de l'épilepsie, une crise les prenait, une agitation furieuse, une illumination. Alors, de deux choses l'une : ou ils avaient emporté avec eux un crayon et du papier et ils se mettaient à griffonner comme des déments. Ou bien, lorsque l'accès les saisissait, ils couraient chez eux à l'instar de coloniaux torturés par les amibes.

À quelle maladie pouvait correspondre cet ensemble de symptômes étranges ? Telle était la question que tournait et retournait le recteur dans sa tête, regrettant plus que jamais la tombée en désuétude du sacrement de confession : vingt ans plus tôt, il n'aurait eu qu'à tendre l'oreille, et, à travers la petite grille, dans la pénombre propice aux aveux, on lui aurait, avec force détails et la précision nécessaire, chuchoté le secret qu'il attendait.

Les enfants aussi s'inquiétaient : pourquoi les adultes avaient-ils brusquement abandonné leurs occupations ordinaires et tellement ridicules : couper les branches mortes du pommier, badigeonner de blanc la barrière (« Apprenez cela, mes chéris, en mer il faut saluer tout ce qui bouge, et peindre le reste »), lire de trop gros livres qui pèsent sur le ventre, comme ce pavé russe au titre imbécile : *Guerre et Paix* (il faut choisir), consulter en se grattant indéfiniment la tête l'horaire des marées, parler sans fin, entre voisins, du fameux microclimat, des averses qui accablent là-bas ce pauvre continent et laissent l'île au sec, lutter contre les taupes, réparer la fuite des toilettes, consulter à nouveau l'annuaire des marées comme si ses chiffres changeaient toutes les demi-heures... ?

Les malheureux parents étaient retombés en enfance.

Sucer et croquer un crayon, bayer aux corneilles, regarder le ciel bleu et soupirer, feuilleter rageusement un dictionnaire, se lever tous les quarts d'heure, ouvrir le réfrigérateur, grignoter un reste, revenir, allumer la radio, l'éteindre, regarder de nouveau le ciel bleu et gémir « Mon Dieu, je manque la marée », etc. — autant d'activités typiques chez les très jeunes êtres humains torturés par un devoir de vacances.

XVI

On l'aura deviné, l'île entière s'était mise à traduire *Ada*.

Une croisade contre un Parisien prénommé Arthème ? Sans hésiter, et de bel enthousiasme, les autochtones nous avaient rejoints. Oublié, le mépris léger qu'ils nous portaient. Dans une bataille, les alliés sont les alliés. L'affection pour Gilles les animait, certes. Mais surtout la haine de Paris.

Paris dont la télévision annonce toujours du soleil sur la Côte d'Azur et de la pluie sur la Bretagne alors qu'il y fait grand beau.

Paris qui offre des autoroutes à toute la France et jamais à l'Ouest. Etc. Etc.

Paris avait remplacé l'Anglais au palmarès de leurs aversions. Et ils retrouvaient au plus profond d'eux-mêmes de vieilles violences inemployées.

C'est dire s'ils nous furent d'un vigoureux concours, même si la linguistique n'était pas leur spécialité première. Ces pêcheurs de crustacés, tondeurs de pelouses, cuisinières à l'hôtel Bellevue, rénovateurs de résidences, installateurs agréés de vérandas, retraités de la Royale, savent comme personne nommer les oiseaux les plus rares, réparer une machine à écrire défaillante, égarer l'inspecteur du fisc en visite de contrôle, confectionner à toute heure du jour ou de la nuit crêpes au sucre ou galettes de sarrasin... Autant de secours sans lesquels le traducteur n'est qu'un pauvre marin sans rames ni voilure, emporté par les courants fantasques et néanmoins dictatoriaux de la vie quotidienne.

Mme née Saint-Exupéry, montrant par là même que sous sa douceur se cachait une âme inflexible de maître d'œuvre, avait divisé le livre en autant de parties qu'elle disposait de volontaires peu ou prou anglophones. Et elle passait de l'un à l'autre pour raviver les énergies. Elle venait souvent avec sa plus jeune fille, une Catherine déjà bien accorte. Les deux robes fleuries se penchaient ensemble sur nos copies, et l'on humait, le plus discrètement possible, leur double odeur de savon.
— « *She had been prevailed upon to clothe her honey-brown body* », c'est vrai que ce n'est pas facile, ô Dieu non, surtout cette postposition, *prevailed upon*, mais il faut continuer, continuer. Si vous saviez comme le cher Gilles, si délicat et angoissé, est aidé par votre travail ! Tenez,

je vous ai apporté une tarte aux abricots. La si merveilleuse et surprenante acidité de ces fruits est amie de la pensée.

Ainsi parlait-elle, avec des générosités et des enthousiasmes surannés.

Ainsi gérait-elle du matin jusqu'au soir, et maison après maison, son petit peuple de traducteurs amateurs.

Et, comme le recteur, elle s'inquiétait.

— Pourquoi sillonner l'île comme vous le faites tous ? N'est-il pas plus efficace de demeurer à sa table ? Pardon si je suis indiscrète, mais vous êtes sûrs que tant de marche soit nécessaire ? Le si fragile et si attachant Gilles vous attend.

Il fallait la rassurer, lui jurer que la marche portait une véritable amitié au genre humain.

Un exemple ?

Vous n'avez pas, mais pas la moindre idée de la manière dont on pourrait rendre en français ce passage typiquement nabokovien :

« *The child tried to assurage the rash in the soft arch, with all its accompaniment of sticky, itchy, not altogether unpleasurable sensations, by tightly straddling the cool limb of a Shattal apple tree.* »

La marche comprend votre souci (« Nabokov ? Diable ! Vous n'avez pas choisi le plus simple ! ») et vous envoie immédiatement des signaux rassurants (« Ne vous inquiétez pas, on s'en occupe »). Alors s'allument une à une les dizaines de petites pompes invisibles alignées sous la plante des pieds et, dès la fin du premier kilomètre, on sent de la chaleur qui monte : c'est le sang qui, au lieu de stagner en mare croupie dans le milieu du corps, s'élève, gagne les hauteurs, se répand dans le cerveau, irrigue, ranime, débloque ces fameux engrenages, et, dent après dent, se met en branle la machine magique, fête joyeuse sous les os du crâne, mi-rouages de Tinguely, mi-volière, les mots ont quitté leur urne funéraire (leur concession perpétuelle alphabétiquement ordonnée dans le dictionnaire) pour venir danser, offrir leurs services.

Sitôt choisie, la marchandise verbale vous est livrée à votre guise, soit (option bruyante) entre lèvres et langue, soit (option silencieuse, scripturale, sans supplément) entre majeur, index et pouce :

« *La pauvre mignonne s'efforçait de soulager les brûlures de sa délicate embrasure (avec leur accompagnement de sensations diverses, viscosités et démangeaisons, point tout à fait dépourvues d'agrément) en chevauchant à cuisses serrées le tronc rafraîchissant d'un pommier de Chattal.* »

Voilà pourquoi nous n'aurons jamais autant marché que cet été-là.

XVII

Le traducteur, le vrai, lui aussi marchait, mais seulement la nuit. Le jour, il restait assis devant sa machine à écrire. Des heures durant il contemplait le clavier avec une tendresse particulière pour le P (cassé). Puis son regard se portait, soudain accablé, sur l'amas de nos contributions que lui apportait chaque soir, rougissante de fierté, Mme née Saint-Exupéry. Il remerciait, les larmes aux yeux, comme quelqu'un à qui l'on vient encore une fois de sauver la vie. Il gardait pour lui, pour plus tard, ses soupirs : « Ces gens sont touchants, mais qu'ils connaissent mal l'anglais ! Faux sens, faux amis... J'ai bien peur que tout cet effort ne soit complètement inutilisable ! »

Les papillons l'entouraient. Ils avaient compris l'urgence, et que leur ami Nabokov était concerné. Ils bravaient la puanteur et la jalousie des chats et venaient offrir leur fantasia, leur spectacle polychrome, comme s'ils avaient voulu dire :

Voilà comme tu dois écrire, voilà, n'oublie pas, aucune lourdeur, de la virtuosité, de l'allant, du surprenant...

Telle était la raison pour laquelle le traducteur ne sortait que la nuit, quand les lépidoptères avaient achevé leur sarabande pédagogique et agonisaient quelque part, épuisés. Leurs coquetteries le lassaient, avouons-le, mais avait-il le moyen de les traiter mal, de leur dire « Suffit, laissez-moi un peu tranquille », quand on savait leurs liens avec le déjà très irascible Vladimir ?

Il avait écourté ses séances de silence avec son ami le jeune transporteur. Il le renvoyait sans laver ses chaussettes et, un carnet à la main, un crayon sur l'oreille (les voletants auraient-ils apprécié cette vulgarité ?), il s'en allait vers le nord, là où le sol de tourbe ressemble à la plaine russe, terrain de la jeunesse d'Ada. La marche a beau faire des miracles, il n'est pas interdit de l'aider en lui fournissant le décor.

Une nuit, au milieu de la lande déserte, il assista à une scène d'un autre âge. D'abord une femme, toute jeune. Elle allait, perdue. Elle portait des couettes blondes sous un étrange bonnet à oreillettes. Elle frissonnait dans un tricot rayé. Elle tournait en rond dans le noir. Du phare au sémaphore, et retour. Elle évitait la prairie. On avait dû lui parler des herbes maléfiques, celles qui s'attachent aux jambes et sucent la raison des chrétiens, les laissant fous et folles au matin. Il l'avait reconnue. Elle venait de se marier. Le mois d'avant, elle était sortie de l'église sous une averse de grains de riz. Et déjà elle tournait en rond dans son mariage, elle étouffait. Les mariages aussi sont des îles. Il faut un bateau pour s'en échapper.

Des points lumineux parurent, des lampes de poche agitées par deux silhouettes en lesquelles il fut bientôt possible d'identifier, à leur démarche saccadée, à l'arrondi de leurs tailles, des vieilles dames. Elles s'approchèrent du tricot rayé. Elles posèrent une main, une main chacune sur chacune de ses épaules. Pas de chien, pas de mouettes, le silence le plus parfait régnait. Aucun mot ne fut échangé. Et bientôt, derrière les fougères qui longent la route du bourg, le trio s'évanouit.

Souvent, le traducteur devait se maudire de n'être pas intervenu cette nuit-là. Mais qu'aurait-il pu faire contre la Loi des familles ?

XVIII

Qui étais-je pour savoir ces secrets ?

Un traducteur amateur parmi tous les autres. Que l'on avait enrôlé pour une compétence bien particulière.

La famille E., l'une de celles qui tiennent chez nous le haut du pavé non par l'importance de leurs revenus, mais du fait de leur ancienneté sur l'île et de leur connaissance des choses de la mer, avait le génie des jeunes filles au pair. Personne n'avait jamais pu découvrir l'origine de ses fournisseurs, qu'elle gardait jalousement cachée. Et puis, un matin, en descendant sur la grève, le miracle était là : une nouvelle merveille d'Anglaise tentait d'amuser les intenables enfants E. La peau blanche ou déjà rougie, éclaboussée de son ; les jambes interminables aux cuisses encore concaves qui laissent entre elles passer le jour, ou bien l'autre option : plénitude du ramassé, densité de la chair, appel du mollet rond ; les soutiens-gorge évanescents ou débordés; les mines alanguies, frôlant l'évanouissement, ou déjà gourmandes...

Chaque année je me disais : cette fois, c'est la dernière. Les intenables grandissent; ils n'auront bientôt plus besoin de personne au pair. Le couple E. entendait ma requête. Il reprenait, dès l'automne, le chemin du lit. Vers juin, une nouvelle naissance était annoncée chez eux, fêtée par mes cris de joie. Le faire-part était la garantie que la source britannique ne tarirait pas de sitôt.

Pour me glisser à l'oreille sa proposition, Mme née Saint-Exupéry avait choisi la foule la plus compacte (file d'attente des gâteaux, chez le boulanger-pâtissier Dubreuil, dimanche midi quinze, sortie de la messe). Sans doute qu'une intimité plus grande aurait augmenté son malaise jusqu'à l'insupportable.

— Cher et si travailleur Erik, on m'a avertie de vos goûts. Accepteriez-vous la responsabilité des passages, comment dire... un peu lestes?

Elle dansait, rougissante, d'un pied sur l'autre, tandis que devant nous un petit garçon blond venait chercher les trente-deux pommés commandés.

— J'ai votre accord? Oh, quel jour fertile! Après tout, notre Ada a des seins d'Anglaise, non?

Et, effrayée de son audace, elle s'enfuit sans emporter sa tarte pêche-frangipane.

C'est ainsi, fort jalousé par le futur spécialiste de la passion inédite de Stendhal, mais stimulé par le souvenir de Jude, Nancy, Priscilla, Virginia..., que je tentais de capturer, dans les filets de la langue française, les cuisses, la peau, les tétons pâles, les tempes diaphanes, tous les creux et bombements, toutes les mèches visibles et frondaisons clandestines de la si volage Ada.

XIX

Pendant ce temps-là, l'ermite de Montreux continuait de nous gratifier, nous les traducteurs amateurs et professionnels, de ses aménités choisies :

What is translation? On a platter
A poet's pale and glaring head,
A parrot's screech, a monkey's chatter
And profanation of the dead.

(La traduction? Sur un plat
La tête pâle et grimaçante d'un poète,
Cri d'ara, jacassement de singe,
Profanation des morts.)

XX

Les vacances s'achevèrent dans un labeur de plus en plus intensif que même les régates du 15 août, événement sportivo-mondain de la saison, ne parvinrent pas à troubler. Beaucoup d'entre nous y participèrent, puisque telle était la coutume depuis des générations, mais les barreurs se préoccupaient bien plus de la toilette d'Ada (« *Elle se frottait le visage et les bras au-dessus d'une cuvette à l'ancienne mode encastrée dans une table rococo, les cheveux noués sur le dessus de la tête, la chemise de nuit roulée autour de la taille.* ») que des bouées à virer dans un clapot sévère. S'ensuivirent, ce jour-là, nombre de fausses manœuvres dignes de débutants, incompréhensibles en temps normal chez des navigateurs de notre qualité (la modestie, en ces matières nautiques, n'est pas notre fort). On vit même Christian S. — oui, le vainqueur de toutes nos compétitions depuis dix ans — se laisser surprendre par l'irrégularité, pourtant si

connue de lui, de notre vent le plus perni-
cieux, le suroît, gîter à contre et, devant la
foule qui avait envahi le ponton du yacht-
club, se renverser honteusement, dos dans
l'eau et voile sur le nez.

La mer, qui régnait jusqu'alors sans partage sur nos rêves, comprit qu'elle avait
perdu la première place. Quelqu'un d'autre
désormais nous enchantait. L'humiliation
qu'elle en conçut se changea vite en colère,
annonciatrice de vengeances futures.

À peine le maire eut-il remis la coupe,
sous des applaudissements maigrelets,
qu'une violente bourrasque arracha tous
les parasols Ricard et Byrrh de la guin-
guette voisine, la Potinière. Peine perdue :
nous avions déjà regagné nos tables de travail.

Août s'achevait et notre Ada, malgré
tous nos efforts, venait à peine de souffler
ses quinze bougies. En d'autres termes
plus matériels, il nous restait encore trois
cent quatre pages à élucider et cinquante-
cinq années à parcourir, riches, chacune,
de dizaines d'événements embrouillés.

XXI

Le dernier soir, juste avant l'éparpillement général, elle nous convoqua tous au pied de la chapelle Saint-Michel, altitude vingt-six mètres, je le rappelle, l'endroit où les professeurs d'archipel dispensaient leurs leçons. Sa robe Liberty battait dans le vent. Elle avait beau forcer la voix, cette voix de petite fille toujours émerveillée, la plupart de ses paroles s'envolaient vers les goélands, hors de portée de nos tympans. Nous comprîmes seulement que, de la part de Gilles (dont elle s'était assuré le complet monopole), elle nous remerciait. Mais aussi que la lutte continuerait à Paris, rendez-vous chaque vendredi soir chez elle, vingt heures, 8, rue de l'Odéon, vous serez gentils d'apporter le vin, rouge ou blanc, à votre guise.

Elle se tut.

Nous gardions la tête et les yeux levés vers elle. Adieu le XXe siècle ! Nous étions remontés loin, très loin dans le temps. Adossée à la croix, frappée par les derniers rayons du soleil, Mme née Saint-Exupéry nous prêchait sa croisade.

Le lendemain, sur le continent, un couple nous attendait. Une brune assez fiévreuse et un grand déplumé dans le genre du Greco. Ils tournaient autour de nous, sans rien dire, d'un bout à l'autre du parking, comme nous engouffrions dans les coffres des voitures nos traditionnels capharnaüms. Auprès de l'hôtelier voisin, nous nous enquîmes de l'identité de ces gens.

— Les libraires de P. Ils voulaient absolument savoir à quoi vous ressembliez et quelle mouche vous avait piqués, de leur commander tant de dictionnaires anglais-français. Depuis l'ouverture de leur boutique, ils n'avaient jamais réalisé un tel chiffre d'affaires! Grâce à vous, ils vont pouvoir ouvrir un secteur Jeunesse.

XXII

L'hiver, plus rien n'existe que le gris.

Du matin jusqu'au soir, le traducteur considérait, accablé, le minuscule royaume entouré d'eau qu'il s'était choisi. Et une question de bon sens lui taraudait la tête : mais qu'est-ce que je fous ici ? Mais quelle idée de venir m'enfermer sur ce confetti ?

L'une des réponses se trouvait peut-être dans les Mémoires de Stefan Zweig, *Le Monde d'hier*, qu'il avait lus les larmes aux yeux, ébloui et enragé. Par quelle folie les hommes avaient-ils assassiné cette merveille d'intelligence, de civilisation, d'amitiés par-dessus les frontières, de fantaisie, de création : l'Europe d'avant 1914 ? Comment expliquer un tel suicide ?

Stefan Zweig raconte l'histoire d'une maison d'édition allemande. Alfred Walter Heymel, poète amateur, était riche. Au lieu d'entretenir des chevaux de course, il décide, au début du siècle, de publier des livres. Des livres seulement dédiés à l'Art, sans aucune concession à un public éventuel. Et des livres fabriqués avec un tel soin que jamais aucune coquille ne les déparerait.

« Dans sa fière volonté de demeurer dans l'isolement », dit Zweig, Alfred Walter Heymel choisit de baptiser sa maison *Die Insel*, « L'Île ». Furent accueillis dans L'Île Hofmannsthal et Rilke. Et les premiers textes de Zweig. Il avait vingt-six ans.

Trente-cinq années plus tard, L'Île flotte doucement, tristement dans la mémoire de Zweig. Il a quitté l'Europe et ses haines. Il vit au Brésil. Sa décision est prise : le temps d'achever son *Monde d'hier*, et il se tuera.

XXIII

Deux cent soixante-treize fois monta la mer, le vin ordinaire Kiravi (« le velours de l'estomac ») fut remplacé le dimanche par du bordeaux supérieur (« cru bourgeois ») : telles furent les seules horloges qui imprimèrent quelque rythme à la vie du traducteur.

Car, malgré de louables efforts de régularité et d'obstination, son œuvre n'avança guère. À titre d'exemple, dix fois il remit sur le métier le si délicat chapitre XXXIX. L'attaque convenait : « *La mode à Lahore en 1888, bien que passablement éclectique, n'était pas aussi relâchée que les châtelains d'Ardis ne semblaient le croire.* » Mais, dès la deuxième phrase : « *Pour le grand pique-nique de son seizième anniversaire...* », il n'arrivait plus à rien. La musique nabokovienne se perdait dans des mots pâteux. Et plus il travaillait, plus il s'éloignait du but (une promenade ailée) pour sombrer dans une prose de plomb, quasi heideggérienne.

Pourquoi cette incapacité durant les

mois froids alors que, l'été, certaines pages lui étaient venues naturellement, comme dictées par une bouche invisible et doucement parfumée ? Des nuits et des nuits, il se tourna et se retourna dans son lit clos breton, piqué par cette énigme. Tout bien réfléchi, la seule explication rationnelle ne pouvait tenir qu'aux papillons : quand le climat leur interdisait la France ou lorsqu'ils y demeuraient recroquevillés à l'état de chrysalides, impossible de traduire Nabokov. L'hypothèse se vérifia fin avril, début mai. À peine l'air s'emplit-il de petites palettes multicolores et fantasques aux délicieux noms latins évoquant les conversations des séminaristes romains, le soir sous les arbres, le long du Tibre : *Parnassius*, *Issoria*, *Pieris*, *Polyommatus*, *Zygaena*... que reprit sans trop de douleur le récit du pique-nique : « *Ada portait une simple blouse de toile, un pantalon jaune maïs et des mocassins éculés.* »

L'éditeur, on s'en doute, ne s'intéressait pas à ces causalités incontestables, mais bien trop subtiles pour lui. Il voulait un texte, un texte prêt pour le jour (imminent) où le Nobel couronnerait (enfin) son auteur. Par chance, l'académie suédoise avait choisi Patrick White au mois d'octobre précédent, mais, répétait à chacune de ses missives Arthème Fayard, « ce répit inespéré n'est pas une raison de s'abandonner à la langueur ».

Avertissements ignorés de notre traducteur : pour faire plaisir au facteur, il ouvrait maintenant son courrier parisien. Mais, à peine son œil avait-il pris connaissance de la dernière manifestation de l'impatience éditoriale qu'il refermait la lettre et l'utilisait à divers usages domestiques : caler un pied de lit, saisir sans se maculer ce concentré de cambouis qu'on appelle chaîne de vélo, ou colmater tant bien que mal un trou du toit.

— Vous alors, disait le facteur, mi-admiratif, mi-effrayé, vous alors, on peut dire que Paris ne vous fait pas peur !

XXIV

Bonne nouvelle, après consultation atlas, votre île existe STOP Étant donné votre silence, en doutais STOP Mauvaise nouvelle, vous envoie adjoint demain STOP 10 juillet quatorze heures STOP Si horaires fiables STOP Préparez clarifications. Salutations. L'éditeur.

Comme on sait, le télégramme paie en exhibition ce qu'il gagne en rapidité. Les deux préposés des Postes, envoyeur et receveur, sont les complices obligés du secret. Mais comment cantonner un secret dans des yeux qui lisent le formulaire et dans des doigts qui tapent sur une machine ? Quel règlement pourra jamais empêcher que ledit secret ne suive sa nature de secret, sa pente naturelle : remonter le nerf optique, se laisser glisser dans la gorge, puis couler le long de la langue pour, de là, être déposé, sous le sceau de la confidence, dans l'oreille avide de la meilleure amie qui elle-même... Bref, *via* Thérèse, la postière, bénie soit-elle, l'île entière apprit l'inquiétante notification.

Ce petit bleu fit d'abord sourire : les indigènes étaient fiers de leur éloignement et se moquaient des fausses îles reliées à la terre par une chaussée de marée basse, comme Noirmoutier, ou, pire, par l'infinie vulgarité d'un pont, même encore à venir (pauvre Ré). S'il n'avait tenu qu'à eux, ils auraient encore aggravé les chicanes du périple et embrouillé les correspondances. Mais ils se réjouissaient déjà d'imaginer l'émissaire parisien, après six heures de voyage principal, piétinant, soixante et onze minutes durant, sur un quai venteux en gare de G. (la salle d'attente était de toute éternité fermée pour travaux).

Ses tracas ne feraient alors que commencer. Il devrait ensuite embarquer dans un culot de pipe macéré dix ans dans une barrique de bière (ainsi, sans exagération, puait la micheline), pendant une bonne heure il s'y ferait secouer comme lait baratté. Cette torture achevée, il lui faudrait encore attendre, dans un café de P., l'arrivée du car rouge et noir qui, une fois chargés les volailles vivantes, l'armée des géraniums (fleur préférée des tombes), deux lunettes de WC, cinq cartons de confitures en boîte (pomme-groseille), une tondeuse à gazon, un moteur Sea-Gull 3 CV et une table de ping-pong (hissée sur le toit), s'arrêterait onze fois : École hôtelière internationale, route de Loguivy, garage Gicquel, Ploubazlanec Centre...

pour atteindre enfin l'embarcadère vide : la vedette, comme à son habitude, n'aurait pas attendu. Le malheureux voyageur la verrait au loin escalader vaillamment la mer et lui montrer son cul blanc surmonté du drapeau tricolore.

Les îliens s'y connaissaient peu en éditeurs, mais ils savaient les Parisiens fragiles : quel visiteur garderait intacte sa combativité après de tels traitements ? Ils pensaient en outre, et dur comme fer, que, parmi les habitants de la capitale, les intellectuels étaient les plus crevards, même s'il ne faut jamais sous-estimer l'adversaire. (Certains Français « du continent » étaient coriaces ; le quincaillier pouvait en témoigner ; avec ses factures impayées, il aurait eu matière à imprimer un bottin.)

Avouons-le, l'hiver n'avait pas été non plus très productif chez les traducteurs amateurs. Honte à nous, le souvenir d'Ada s'était peu ou prou dissous dans la vie parisienne. Mais elle nous attendait, la mutine, tranquille, sûre de son pouvoir. Non sans amusement, elle vit débarquer nos mines hâves de citadins fatigués, nos monstrueux bagages. Et, dès la première nuit, elle se réinstalla dans nos rêves. Encore plus dévêtue que l'année précédente. Sans un jour de répit, nous reprîmes stylos et dictionnaires et le combat recommença. Un comité informel fut créé. Qui, au Chardon Bleu, le bar de l'élite maritime, discuta de la stratégie à suivre : devait-on accueillir l'émissaire de Paris ou bien le laisser patauger dans son ignorance (sur l'île, les adresses n'existent pas ; au mieux, des indications vagues : « anse de la Corderie », « quartier du Phare », « moulin du Nord »)?

— Ces gens-là ont des natures à revenir, dit Mme née Saint-Exupéry. Et alors, leur colère s'aggrave.

On lui donna raison. Le facteur fut chargé de la réception.

— Et comment le reconnaîtras-tu sur la jetée, parmi le monde?

— Je sais reconnaître !

Il avait de son métier une conception hautaine. Le facteur tient dans sa sacoche l'écheveau des fils qui relient entre eux les humains. Celui qui chaque jour attribue sans erreur les lettres, malgré la fantaisie des libellés, par quelle aberration n'aurait-il pas aussi le pouvoir d'identifier, parmi la foule des saucissonneurs, un bourreau de traducteurs?

XXV

Ses longues jambes casées tant bien que mal dans l'express Paris-Brest, ledit bourreau-éditeur adjoint songeait à son existence.

Il n'avait pas retiré son duffle-coat.

Cette existence (la sienne) était devenue son hobby, son spectacle favori, un perpétuel sujet de curiosité, voire de ravissement. Intérêt passionné qui lui faisait paraître fades tous les autres passe-temps : cinéma, télévision, amours sous toutes ses formes...

Cette fameuse existence prenait depuis quelques mois un tour imprévu. Il avait longtemps pensé qu'un travailleur de l'édition avait le destin d'une boîte aux lettres trop petite : du matin jusqu'au soir, on le bourrait d'écrits. Et voici qu'il s'était changé en implacable récupérateur de créances. Il sillonnait la France et l'Europe pour arracher aux Lents les manuscrits promis. Ces Lents constituaient une ethnie à part dans la société, une peuplade obstinée comme nulle autre dans ses coutumes, et magnifiquement inventive dans l'explication, toujours incontestable, du Retard.

« Je devrais tenir un carnet, afin de confectionner un jour un florilège de lettres d'excuses, murmura pour lui-même l'éditeur-adjoint. »

À ce jour, on lui avait assené d'innombrables deuils cruels (mère, père, l'oncle-qui-m'a-élevé ; une fois même, une épouse, heureusement ressuscitée quelques mois plus tard), des maladies invalidantes (Ah, que feraient les auteurs-escargots sans le secours de la maladie de Dupuytren, cette crispation rhumatismale de la main qui, comme par hasard, empêche d'écrire ?), des hold-up (les cambrioleurs, on le sait peu, sont d'érudits collectionneurs : ils écument les maisons à seule fin de rafler les textes en travail, les trouvailles toutes chaudes ; le reste, bijoux, téléviseur, radio et autres liquidités, ils ne l'emportent que pour brouiller les pistes...). Un certain Jean-Louis lui avait même expliqué sans la moindre esquisse de sourire qu'une vache — oui, l'animal à pis — lui avait arraché puis ruminé l'unique exemplaire d'un texte commandé.

Il repensait à la dernière lettre de Gilles, un chef-d'œuvre, des lignes à graver dans le bronze et à sceller au mur des lamentations des Lents :

Vous m'avez fixé le 5 janvier comme date

limite. Je dois donc considérer que l'heure est passée. Et peut-être est-ce mieux ainsi...

Qu'allait lui réserver, cette fois, l'ex-pianiste entouré de chats et d'eau ?

XXVI

Ils marchaient, côte à côte. Et vite. Le
bourreau, éditeur adjoint, n'avait pas l'air
de se ressentir des sévérités du voyage.
Bien au contraire. Son allure était celle
d'un sportif. Il avalait les obstacles sans
effort apparent. Même les deux points
culminants de l'île, la chapelle Saint-
Michel (vingt-six mètres au-dessus du
niveau de la mer) et le sémaphore (trente-
deux mètres). Il portait un petit cartable
bordeaux et ces chaussures à semelles
épaisses qu'on achète près de la Sorbonne
quand on veut parcourir le Tibet à pied. Il
faudrait réviser notre conception des éditeurs : tous ne sont pas casaniers, ni ven-
tripotents ni cardiaques. D'ailleurs, un
homme qui s'occupe de traductions doit
circuler entre les langues, sinon entre les
pays.

Grâce au téléphone, on suivait mètre par
mètre leur parcours. On s'appelait de maison à maison : « Attention, ils arrivent, ils
vont déboucher par le raccourci de Keran-

roux, maintenant ils quittent Kerargui-lis... » On aurait dit un reportage du Tour de France, le suivi d'une échappée.

Les deux hommes parlaient. Du port jusqu'au domicile du traducteur, *via* leurs digressions touristiques, ils n'interrompirent jamais leur papotage, tout le monde peut en témoigner. Pour être plus précis, l'un parlait (le facteur) et l'autre hochait la tête.

Plus tard, après le drame, chacun s'interrogea : Ai-je fait mon possible ? N'ai-je pas oublié quelque chose qui aurait pu tout changer ? Plus que nous tous, le facteur fut alors passé à la question : Qu'avait-il tant raconté au Parisien ? N'avait-il pas trahi ?

Sa réponse ne varia pas :

— On m'avait dit d'amadouer. J'ai amadoué.

Aujourd'hui encore, les soupçons persistent. Certains, dont je suis, croient qu'il avait profité de l'occasion pour présenter sa salade à l'éditeur, lui offrir en vue de publication l'une ou l'autre de ses deux recherches : *Les Moines dans l'archipel (VIe-XIIe siècles)* et *La Vérité sur les naufrageurs*.

Quoi qu'il en soit, c'est une paire d'amis que nous vîmes arriver au bout de l'allée des fenouils.

Le traducteur, juste pour le temps des présentations, avait tenu à notre présence à tous, ses alliés de l'« opération Ada » :

— Après, vous vous en irez. Mais ces gens-là de Paris doivent savoir que je ne

114

suis pas une punaise solitaire qu'on peut écraser jusqu'au dernier jus !

Il serrait son poing droit jusqu'à rendre ses doigts blancs.

Il devait aussi penser que le nom de Saint-Exupéry, prononcé l'air de rien, ferait son effet.

Comme convenu, nous lançâmes au bourreau (un très jeune homme, brun et mince, pâle de peau et assez lippu, une sorte d'étudiant venu tout droit du siècle précédent : on l'aurait dit Suisse ou Anglais, répétiteur de musique chez une famille princière de Saint-Pétersbourg) notre plus avertissant regard (« Pas touche à notre ami ! ») et prîmes congé.

— Bon, murmurait le traducteur, bon, répétait-il en tapant dans sa paume droite avec son poing gauche, celui de la punaise écrasée.

Nous ne le laissions pas seul face aux cruelles réalités du commerce. Ses deux autres gardes demeuraient : l'armée des chats, dispersés çà et là sur le sol à des endroits stratégiques ou dans le figuier, pour surplomber. (Par chance, le vent venait du sud et emportait vers le large leur odeur de pisse millénaire.) Quant aux papillons, ils menaient leurs manigances incontrôlables, le gracieux chantage de ceux qui vont mourir vite. À l'époque, nous leur faisions confiance.

— Je ne suis pas votre ennemi, dit le

bourreau-éditeur adjoint. Mon patron ne l'est pas non plus. Mais, voyez-vous...

Il avait des façons calmes et une voix douce.

— ... notre métier nous impose d'arracher des livres au temps ou plutôt à l'éternité, demeure où se sentent si bien les rêves de grands romans, de traductions parfaites, bref, les velléités. Une fois arrachés à leur logis douillet, nous les installons dans l'espace...

Il souriait d'un air assez confus, comme s'il présentait ses excuses.

— ... sur les étals d'une librairie, par exemple.

Gilles ne semblait pas s'en occuper. Il lui tournait le dos et préparait du thé. Chez lui, cette cérémonie pouvait intervenir à toute heure du jour ou de la nuit. En fait, elle précédait, accompagnait ou suivait l'irruption d'êtres humains dans son univers. Je crois que le thé, sa couleur miel, sa chaleur, son odeur délicate, intime, lui donnait le courage d'affronter ses semblables, maintenant que Couperin n'était plus là. Le thé lui était une sorte d'armure légère.

Les propos de l'éditeur adjoint lui semblant sensés, il s'apaisa, se retourna, montra un siège à son visiteur et à son tour s'assit. Une table de pierre ronde les séparait. Un acacia les ombrageait. Les chats, constatant la détente, avaient rentré leurs griffes. Bref, au lieu de la guerre prévue, deux amis des livres tentaient d'envisager ensemble les moyens de concilier civilisation (la durée nécessaire aux travaux consciencieux) et commerce (l'éventualité du Nobel pour leur commun auteur).

— Nous ne pouvons aller au-delà du 1er septembre, reprit l'éditeur.

— De quelle année? demanda, désespéré, le traducteur dans un ultime effort pour nier le réel.

L'éditeur ne répondit même pas.

— Bon, nous sommes d'accord. Pour le reste, j'imagine que vous recevez, comme nous, votre lot hebdomadaire d'injures nabokoviennes...

— Ça, on ne peut pas dire que l'amabilité l'étouffe!

— Je peux en voir un échantillon?

Le traducteur se leva, dans le buffet de la cuisine saisit un paquet de papiers graisseux, revint et commença à lire:

— 23 juillet: « *Monstrueuses fautes et impossibles maniérismes... insuffisante connaissance de l'anglais.* » 30 novembre: « *Il y a des fautes de sens à toutes les pages... Incapacité spectaculaire pour la poésie...* » Je dois continuer?

L'éditeur sourit.

— Surtout, ne tenez pas compte de tout ça. L'homme est rugueux. Sans doute à cause de tous ses exils. Mais, au fond, il apprécie votre travail. Il nous l'a plusieurs fois fait savoir, discrètement, il est vrai. Bon, tout est en ordre?

L'éditeur s'était levé.

— Vous ne restez pas pour la nuit?

Le traducteur semblait sincèrement désolé. Peut-être aurait-il voulu retenir son visiteur plusieurs jours et même le mettre au travail à ses côtés?

— Hélas, vous n'êtes pas le seul. Avant le 14 juillet, je dois encore arracher quatre manuscrits à l'éternité. Mon prochain client habite les hauteurs de Clermont-Ferrand. Je n'ose imaginer les trains que je vais devoir prendre, le cauchemar des correspondances...

Ils se serrèrent la main. On vit l'éditeur s'engager sur la petite route qui longe le marais, bientôt rejoint par le facteur historiographe du littoral.

« Un seul été? Je n'y arriverai jamais, murmurait le traducteur, debout sous l'acacia et indifférent à la danse des papillons autour de sa tête bonnetée marine. Jamais, jamais. Ce jeune homme est charmant, mais Paris a perdu toute notion du temps. »

XXVII

Lucide et vaillant recteur! Jamais dupe de ses succès. Il savait bien que l'affluence à sa messe dominicale de dix heures n'avait pas la foi pour raison. Beaucoup de familles y venaient d'abord pour se scruter de rangée à rangée. Sous couvert de sourires et lentes inclinaisons de tête, on évaluait non sans gourmandise les progrès du cancer de X, la dégradation du couple Y. Les adolescents, que tourmentait une information selon laquelle la virginité des filles se reconnaît à la forme de leurs chevilles (plus fines elles sont, plus certaine est la faute), ne quittaient pas des yeux l'alignement des jambes nues sur les prie-Dieu. À l'évidence, cette grosse cousine blonde couchait déjà. Pourquoi n'en pas profiter? Quant aux enfants, ils s'ennuyaient. Certains, jusqu'à s'évanouir. On les emmenait respirer l'air pur dans le cimetière marin. À la grande jalousie de leurs camarades qui s'en souviendraient, le dimanche suivant.

L'*Ite missa est* prononcé, l'ex-postière, femme à poigne et moustache, ouvrait la porte à deux battants et tirait sur la corde pour que chante la cloche. On papotait longtemps sous le porche où le parfum du chèvrefeuille l'emportait peu à peu sur les bouffées d'encens. Au mur, des plaques de marbre rappelaient les noms des disparus en mer. Cette référence tragique donnait du sel à nos projets de régate. Ceux qui n'avaient pas réservé leur tarte pêche-frangipane à la pâtisserie Dubreuil nous quittaient les premiers.

Pauvre Dieu, bien absent de ces préoccupations tellement humaines !

Son agent sur terre n'avait pas renoncé à l'ambition de Le faire revenir parmi nous en majesté. Pour instiller en nous quelque flamme religieuse, il se démenait comme personne, multipliant les visites, inaugurant chaque jour au patronage des activités nouvelles. Mais sa croisade principale était d'ordre historique. Dans la publication paroissiale, *Le Cormoran*, il rappelait l'ancien temps et nous faisait honte. Article après article, dans une langue élégante, précise et implacable, il enfonçait le clou :

1) Dès le ve siècle, haut Moyen Âge, époque qualifiée par les ignorants de « sauvage », des hommes supérieurs habitaient nos parages. Bravant tous les périls, ils étaient venus d'Irlande et d'Angleterre sur des coracles et autres embarcations de fortune. Un idéal les animait : imiter saint

Antoine l'Égyptien, fuir le monde et ses tentations, aller au désert pour y dialoguer seul à seul avec le Très Haut. Arrivant chez nous, ils trouvèrent leur bonheur : quoi de plus désolé que quelques arpents de granit entourés d'eau ? Chacun sur son rocher, saint Budoc, saint Maudez, saint Riom et leurs disciples s'installèrent. Ils s'y nourrirent d'algues et de poisson, y enseignèrent la parole divine quatre cents ans durant. Puis déferlèrent les Normands massacreurs (pléonasme).

2) Au XVe siècle, nouvelle vague spirituelle. Les frères mineurs de l'Observance (Franciscains) ne supportaient plus l'agitation profane des villes. Ils vinrent chercher l'apaisement sur notre Île Verte. Ils y demeurèrent jusqu'à la Révolution.

3) Et vous, aujourd'hui, ne voyez dans ces îlots bienheureux que des bases pour vos pique-niques, des sanctuaires de crevettes et d'ormeaux... Quand donc retrouverez-vous l'esprit de transcendance ?

Le soir, lors de nos promenades rituelles — les enfants s'étaient endormis malgré les restes de lumière qui s'éternisaient comme en été à Saint-Pétersbourg —, nous considérions, penauds, l'archipel. Comment donner tort à notre cher recteur ? Le grandiose demeurait, cet immense paysage de ruines englouties, traversées par les bras gris du courant. La ferveur, elle, s'en était allée.

XXVIII

— Mes bien chers frères, ce monsieur russe Nabokov...

Le prône du 15 août prit par surprise. Comme d'habitude, après l'évangile du jour, le recteur était monté en chaire avec la solennité requise : craquements des marches gravies une à une, bruissements de chasuble, théâtrale apparition du prédicateur, amples mouvements de ses larges manches. La voix de sœur Marie, la lectrice, résonnait encore dans l'église, ses intonations larmoyantes de vieille petite fille. Subrepticement, les fidèles consultaient leurs montres. Déjà presque midi. Allait-il pérorer longtemps ? Il faisait si beau, dehors...

Après ces huit mots, il s'était arrêté et son œil foudroyait.

— Mes bien chers frères, ce monsieur russe que, paraît-il, vous traduisez, a été condamné par Sa Sainteté le Pape...

Il brandissait un livre de poche.

— Dans cette ordure, un homme de quarante ans séduit une enfant. Et vous voulez vous rendre complices d'une telle ignominie ? Vous, Françoise, Thierry, Loïc, Véronique, Bénédicte...

Il nommait l'un après l'autre tous les pécheurs, qui se regardaient interloqués. L'Église ne les avait pas habitués à ces violences. Soucieuse de récupérer son audience, elle se montrait plutôt séductrice ces derniers temps, enjôleuse, infiniment compréhensive...

— ... Pascal, Jeanine, Henri, Nadine... Je vous laisse seuls face à votre conscience !

D'un geste rageur, il lança *Lolita* sur la bâche qui, dans le bas côté ouest, recouvrait tant bien que mal les brouettes, pioches et pelles, outils de la réfection en cours. Puis il redescendit et acheva sa messe.

Jamais, de mémoire de paroissien, aucun recteur n'avait, un jour de fête, parlé si peu.

XXIX

Chaque vendredi, le recteur venait déjeuner sur la terrasse de deux sœurs, Colette et Marguerite. Son prédécesseur faisait de même. Et le prédécesseur de son prédécesseur.

Cette habitude remontait aux années cinquante, lorsque les deux sœurs, non contentes d'administrer une pléthorique descendance, régnaient sur l'île. On les consultait à tout propos. On craignait leur jugement. Dans les cas graves, elles convoquaient. Combien de godelureaux, convaincus d'avoir engrossé quelque jeune fille sans défense, furent-ils condamnés au mariage, sur cette fameuse terrasse, par quatre yeux bleus implacables ? Peut-être la moitié de nos mâles ?

Le déjeuner du vendredi était le rendez-vous des puissances, un conseil des ministres arrosé au muscadet sur lie.

Depuis ce temps, l'eau avait coulé. Le trio n'avait plus le pouvoir d'autrefois. Les conversations ressemblaient à celles d'un gouvernement en exil : des plans fumeux de reconquête, de la colère envers l'évolution du monde et de la nostalgie, surtout de la nostalgie.

Ce jour-là, le recteur ne toucha pas au bar, pourtant pêché du matin même. L'accablement lui avait ôté tout appétit.

— Notre île redevient païenne.

Colette et Marguerite le reconduisirent jusqu'à la grève. Au lieu de marcher autour de la baie, il avait choisi de traverser. Elles s'amusèrent de la scène : un homme d'Église en soutane assis dans une petite prame et godillant comme un travailleur de la mer. Elles se demandèrent si sur le lac de Tibériade on savait progresser ainsi, avec une seule rame.

Le grand âge venant (elles étaient nées avant le siècle), les deux sœurs s'accordaient quelques libertés secrètes. Quand toute leur famille s'en était allée à la plage ou naviguer, elles s'enfermaient au salon. Et grâce au Teppaz, rougissantes et pouffant comme des adolescentes, elles écoutaient Brassens, le poète si longtemps interdit en ces parages. Il vivait à l'embouchure du Trieux, juste de l'autre côté du chenal.

Après cette récréation, elles reprirent leurs places favorites, deux sièges sur la terrasse. Elles tricotaient et regardaient. Elles se passaient et repassaient la paire de jumelles, un modèle de la Grande Guerre, tout cuivre et cuir, rongées de vert-de-gris. En elles, aucun regret de leur domination passée. Le recteur avait dit vrai, l'île redevenait païenne.

XXX

Insupportable et périlleuse Ada !

Comprenant les circonstances, appréciant nos efforts, une autre qu'elle se serait attendrie. Elle aurait interrompu ses gambades, se serait assise en face de nous, devant la table jonchée de brouillons rageurs et, mi-rieuse, mi-émue :

— Bon, je vous ai assez torturés. Fini de jouer ! Que puis-je pour vous ?

Aucune bienveillance de cette sorte chez notre Ada ; pas la moindre pitié. Au contraire, les jours passant et, par voie de conséquence, l'échéance approchant, elle se montrait de plus en plus insaisissable : une vraie quintessence d'allumeuse.

À peine l'avions-nous, le cœur battant, prise par la main, à peine l'avions-nous conduite dans la demeure préparée pour elle, cette feuille encore blanche mais où s'inscrirait peut-être, si Dieu et notre amie le voulaient, le chapitre VIII de la deuxième partie (version française) — « *Sachant combien les deux sœurs étaient éprises de cuisine et de* floor-show *russe, Van les emmena dîner le soir du samedi suivant dans le meilleur restaurant franco-estonien de Manhattan Major, l'Ursus »* —, à peine l'avions-nous félicitée pour sa robe (courte, décolletée et d'un noir vaporeux) qu'elle s'enfuyait à tire-d'aile :

— Non, pardonnez-moi, où avais-je la tête ? Un autre engagement...

Et, de la nuit, nous ne la revoyions pas.

Plus grave, surtout après les accusations du recteur : non contente de s'évader, elle se déguisait ou s'incarnait en de juvéniles personnes de l'île qui ne lui avaient rien demandé. Cette demoiselle-là, rêvant sur la grève douce, le genou droit battant lentement la mesure, n'était-ce pas notre Ada ? On imagine notre course vers elle, nous qui avions perdu sa trace depuis des heures, et notre empressement auprès de la très jeune allongée. Laquelle nous repoussait, dégoûtée par tant d'agitation et de concupiscence : Non, je ne suis pas russe ; vous n'avez rien trouvé de plus intelligent ? Le lendemain, Ada nous retendait un piège. Cette gamine navigatrice, alanguie, à l'entrée de la baie... Cette fois, le doute n'était pas possible. Nous nagions vers elle d'une brasse pataude et frénétique, le temps de voir l'enfant remettre son soutien-gorge symbolique et de l'entendre nous lancer, furieuse : Que me veulent-ils, tous ces vieux ?

Vieux ? Nous n'avions pas trente ans et déjà les parents nous menaçaient de poursuites.

La femme du thésard perpétuel, son ophtalmologiste adorée, s'en était retournée à Paris.

— À quoi sert-il que je reste ? Tu ne me regardes même plus.

— Mais, chérie, ce livre...

— Les livres sont des murailles élevées autour du cœur.

Quant à Mme née Saint-Exupéry, notre Générale bien-aimée et mère tutélaire, elle aussi se méfiait. Elle avait bouclé sa Catherine, la délicieuse qui, l'été précédent, nous avait apporté tant de fleurs et dont nous humions, enchantés, l'odeur de savon. Il paraît, nous a-t-elle confié plus tard, que nos coups d'œil sur les trésors présents et à venir de sa fille étaient envahis, en cette fin août, de lueurs fixes et malsaines.

Encore une manœuvre d'Ada.

Qui pourrait une bonne fois capturer cette démone, au moyen de quel filet magique ?

Personne, à ce moment, n'aurait songé à implorer les secours de l'ionosphère.

XXXI

De plus en plus souvent, en cette fin du deuxième été, Mme née Saint-Exupéry nous réunissait à dîner. Elle avait bien compris que le découragement, surtout après le passage de l'éditeur-adjoint, menaçait son équipe de phraseurs. « Quelle folie nous a pris, si maigres anglicistes, de nous affronter à la montagne Nabokov ? » Pour noyer ces petites voix mauvaises de la lucidité, rien ne valait le muscadet sur lie (domaine du Bois Malinge). Après deux, trois verres, la confiance nous revenait. Et dans l'odeur douce, presque sucrée, du chèvrefeuille, assis autour de la table de pierre sur laquelle s'éternisaient les carcasses déchiquetées des tourteaux, nous discutions jusqu'à plus d'heure de la langue française, de ses cadences, de ses échos, de sa retenue perpétuelle, de son amour impénitent pour l'abstraction, de cette grammaire si difficile à ébouriffer. Ada, notre fantasque Ada, avait-elle sa place dans ce jardin de lignes et d'ordre ?

À force de tant l'évoquer, la langue française venait s'installer parmi nous. Comme une invitée retenue ailleurs par un autre repas, mais qui a tout de même souhaité passer pour le café. Nous la sentions arriver, à pas de loup, une vaste présence maternelle dans la nuit. De nouveau morts de timidité (malgré le domaine du Bois Malinge) nous lancions, pour la retenir, les noms de ceux qui l'avaient le mieux servie : Montaigne, La Fontaine, Stendhal, Apollinaire... Elle semblait satisfaite : « vous êtes de bons enfants ». Elle nous racontait l'histoire d'autres groupes, bien avant le nôtre, qui eux aussi se réunissaient autour d'une table pour parler d'elle : les membres de la Pléiade ; les Précieuses (« pourquoi les a-t-on baptisées *ridicules* ? Est-ce un crime de chercher à enrichir le langage de tous les jours ? ») les Surréalistes (« que leurs fiertés comploteuses me faisaient rire ! C'est moi qui leur dictais ces fameuses écritures automatiques... »).

Soudain, dans un mouvement un peu plus froid de l'air, elle nous quittait : « Travaillez bien. » Nous nous taisions. Elle avait emporté les mots avec elle. C'était l'heure de rentrer chacun chez soi dans le noir. Une troupe d'orphelins vite dispersés dans la lande, guidés par la seule lumière tremblotante d'une lampe de poche.

Ce soir-là, il ne fut pas question de langue française mais de musique. Nous

sentions notre hôtesse fébrile. Elle s'agitait, virevoltait, pianotait nerveusement
sur toutes les surfaces qui lui passaient à
portée. Elle regardait sa montre. Avait-elle
invité quelqu'un qui ne venait pas ? Après
le gratin dauphinois, n'y tenant plus, elle
se leva, disparut dans la maison. Et bientôt, par la porte-fenêtre grande ouverte,
nous parvinrent de longues bouffées de
clavecin.

Une ritournelle plutôt guillerette, une
sorte de danse enroulée sur elle-même. À
peine finissait la mélodie qu'elle reprenait
avec la même gaieté un peu cassée. Une
chanson ronde, comme un manège,
comme des bras qui enlacent.

— Alors ?

Mme née Saint-Exupéry attendait notre
jugement. Elle avait rajeuni de trente ans.
Rougissante, les mains qui se croisent et
décroisent, perdue dans une robe à fleurs
bleues qui paraissait d'un autre âge. Une
adolescente qui ose demander à sa
famille : Alors, vous aimez la musique que
j'aime ?

Nous avions deviné qu'elle était fragile
comme verre, ce soir-là, que la moindre
réticence la ferait éclater en sanglots.
Nous lui répondîmes des banalités enthou-
siastes : Ô cet allant, ô la subtilité des rappels, ô la circulation du thème...

Elle ne nous écoutait pas. De sa voix
d'enfant émerveillée, elle nous expliqua :

— Couperin. J'ai enfin retrouvé le mor-

133

ceau préféré de notre Gilles, *Les baricades misterieuses*. Ils avaient de drôles de titres, à l'époque, n'est-ce pas ? et une drôle d'orthographe. Barricade avec un seul *r* et mystère sans *y*. Vous permettez ?

De nouveau elle disparut.

Et nous revint le clavecin.

Nous nous levâmes sur la pointe des pieds. D'un signe de tête, saluâmes notre jeune fille. Elle ne voyait rien ni personne. Blottie au creux d'un fauteuil, elle regardait fixement tourner le disque. Nous l'avons embrassée en pensée. Bonne chance, madame, arriverez-vous un jour à franchir ces *baricades mistérieuses* ?

Nous savions la sorte de passion qu'elle portait à Gilles. Cachés dans les fougères, nous assistions chaque soir à la même scène : Mme née Saint-Exupéry arrive avec un cadeau. Gilles grogne un merci, saisit la bouteille de château Beychevelle ou la casserole de cuivre pleine de coq au vin fiévreusement mitonné ou les mitaines tricotées pour l'hiver. Ils demeurent quelque temps face à face, sans se regarder. Et voilà, c'est fini. Le traducteur s'en retourne à ses chats et l'amoureuse à ses rêves de jeune fille.

XXXII

¿ Donde se esconde el sexo en esta puta de isla ?

La soixantaine venue, le señor José María Fernandez n'était plus hanté par les mêmes frénésies qui avaient illuminé sa jeunesse. Quarante années durant, presque aucune de ses journées ne s'était achevée sans qu'une aventure ne fût venue l'égayer, sauvage ou tendre, glauque ou bon enfant, mais toujours imprévue. Il faut dire qu'à cette époque heureuse il habitait Buenos Aires. Cette métropole de douze millions d'habitants, refuge et pot-pourri de toutes les races, terminus de toutes les errances, offre des possibilités infinies à la combinatoire des corps et, parfois, des âmes.

Tous trésors précieusement consignés dans les vingt-huit carnets dont il ne se séparait jamais et qu'il avait baptisés, reconnaissant : *Homenaje personal a la Ciudad.*

Hélas, l'exil avait porté un coup fatal à

135

ses appétits. Souvent, il posait les yeux sur sa braguette et soupirait :

« Cette grisaille européenne de merde m'assoupit le pantalon ! »

Un collègue lui ayant vanté le climat revigorant de notre archipel, il avait loué pour le mois d'août une charmante chapelle désaffectée, vue imprenable sur la vase (marée haute exceptée). Ses vacances se déroulaient comme prévu, lentes et iodées, avec ce taux d'ennui dans l'atmosphère qu'on dit excellent pour la santé. Quelque chose, cependant, le tourmentait. L'après-midi, allongé dans son transat, abrité du vent d'ouest par le massif d'hortensias turquoise, il se perdait en conjectures sur les habitudes érotiques autochtones. Il le savait, il le sentait : le sexe rôdait partout dans l'île. Et pourtant, malgré d'incessantes promenades, des guets obstinés, des stations debout la nuit, l'oreille collée aux volets clos, il n'en saisissait rien. Ni flagrant délit visuellement constaté, ni manifestations auditivement enregistrées. Seules certaines bouffées parfumées pouvaient donner à penser qu'un coït venait de se dérouler dans les parages. Mais allez distinguer, sans risque d'erreur, entre ces fragrances humaines et le musc d'un herbier au plus bas de la mer... Il ne s'obstina pas dans son enquête, sachant d'expérience que le sexe finit toujours par se dévoiler. Il suffit d'attendre.

Ces préoccupations avaient ravivé une nostalgie toujours latente. Un à un, il revoyait les quartiers de sa ville, les fêtes intimes qu'il y avait vécues. Le cimetière de la Recoleta et son Irlandaise insatiable, bouleversée par les revenants. L'inépuisable vivier de la Galería Pacifica. Le café Tortoni où lui donnait rendez-vous chaque mercredi un freudien passionné ; il apportait dans son attaché-case la *dulce de leche* dont il aimait qu'on l'enduisît plus tard, à l'hôtel de Los Tres Sargentos...

XXXIII

N'y tenant plus, José María Fernandez décida un soir d'appeler l'autre côté de l'Atlantique. Pour ce faire, il disposait du matériel adéquat, le petit nécessaire à l'usage des exilés qui ne peuvent s'offrir à tout bout de champ des communications téléphoniques interplanétaires : le dernier-né de la technique, un émetteur-récepteur TS 801 acheté le mois précédent chez Vareduc, à Courbevoie.

La pratique de la radio est de vieille et vivante tradition en Argentine où l'espace est considérable et l'horizon dégagé.

Il chargea ses instruments sur une carriole et gagna le nord de l'île, aux abords du phare, là où la lande débouche sur la mer. Il regarda le ciel, uniforme étendue grise seulement percée à l'ouest par quelques lueurs rouges. La journée finissait. D'après les prévisions, le moment était le plus favorable pour entrer en communication avec l'Amérique du Sud : les signaux émis de Bretagne ricocheraient convenablement sur la couche ionosphérique pour gagner le río de la Plata. Il fallait se méfier, avec cette fantasque et gloutonne ionosphère : quand le soleil n'agitait pas suffisamment ses électrons, elle avalait tout ce qu'on lui envoyait, sans rien donner en échange. Et, justement, l'activité cyclique du soleil, en cette année 1974, était des plus nonchalantes...

Dans la lumière déclinante, il installa sur un rocher plat ses outils, le bijou TS 801, la batterie, et, entre deux cabanes de douanier à demi écroulées, il tendit le très long fil de l'antenne. Il s'assit sur un tabouret de pianiste qui ne le quittait jamais (cadeau de son maître, Clara Haskil) et choisit sa fréquence : 14 MHz. Comme chaque fois, comme jadis, dans sa jeunesse, lorsque, devant le miroir, il se coiffait méticuleusement, s'effilait la moustache, s'apprêtait à la drague, le cœur lui battait : « Qui vais-je atteindre, cette nuit ? » La passion de la rencontre était le sel de sa vie.

Il tourna le bouton d'ébonite. Et, tout de suite, à travers la grille sombre du haut-parleur, la planète entama le genre de mélopée qu'elle affectionne : chuintements, gémissements, grésillements. Était-ce de la vraie douleur ou seulement le vent de la grande rotation de la Terre sur elle-même ? Il écouta longtemps ces plaintes inarticulées au milieu desquelles des voix humaines se frayaient timidement passage. Enfin il se décida :

140

— Appel de F5NLZ en direction de l'Argentine, F5NLZ en direction de l'Argentine. Je repasse à l'écoute.

— F5NLZ, ici LUZCX. Alors OM, toujours aussi lâcheur ? À toi.

« OM », *Old Man*, ainsi s'appellent entre eux les radio amateurs. Le señor Fernandez frissonna. Dès les premières lettres et malgré la mauvaise qualité de la transmission, il avait reconnu Julia, l'une de ses anciennes fiancées. En cachette de son mari, un médecin de Don Bosco, elle avait installé une station dans un studio voisin de chez elle, et cherchait désespérément à renouer avec son passé. Ah, si l'ionosphère pouvait un beau jour engloutir tout entière la nostalgie et les remords qui l'accompagnent ! Le señor Fernandez se montra le plus affectueux qu'il put. Il promit même de revenir au pays pour Noël. L'XYL (tel est le code pour les épouses : *Ex Young Lady*) était aux anges. L'avantage des conversations lointaines, c'est leur brièveté : au bout de trois, quatre minutes, il est d'usage de briser là.

De nombreux vieux amis attendaient leur tour. LU6BP, le compagnon des virées nocturnes et travesties dans les cabarets de La Boca. LU5CM, supporter obsessionnel de River Plate et montreur de sa femme à qui voulait...

On n'a plus grand-chose à se dire quand on ne s'est pas vus depuis tant d'années. Ces présences fragiles, à l'autre bout de la planète, rassuraient en même temps qu'elles serraient le cœur.

Il tenta un dernier appel.

— F5NLZ à l'Argentine. Quelqu'un a-t-il des nouvelles du Maître?

XXXIV

Dieu avait voulu que le señor Fernandez offrît à Jorge Luis Borges l'un de ses plus beaux cadeaux : une photo nobélisante. Quel autre présent aurait pu réjouir davantage celui qui, chaque automne, comme Vladimir Nabokov, attendait la récompense suprême ? Il n'ignorait pas que si les traducteurs en suédois et anglais détiennent deux des meilleures clefs de l'Académie, le photographe garde la troisième bien au chaud dans son boîtier. Un écrivain est tout autant une gueule qu'un style. Privé de barbe et maigrelet, Hemingway n'aurait reçu, au mieux, qu'une bourse Guggenheim.

Or, dans le redoutable jeu de l'oie du Nobel, Fernandez avait fait gagner à Borges au moins cinq cases : il l'avait immortalisé de haut, comme pris par un objectif divin, les deux pieds au cœur d'une rose des vents. Lumière d'apparition, orgueil serein émanant du visage, symbole parfait d'universalité. Un tel cliché valait pour le moins deux romans acclamés sur les malheurs de l'Afrique.

— Je suis là, murmura une voix grêle, trois syllabes à peine chuchotées, déjà englouties dans les vacarmes parasites de la transmission.

La légende disait donc vrai. Quand il étouffait de solitude, malgré les millions de livres qui l'entouraient et les centaines d'histoires qui trépignaient dans sa tête, impatientes d'être racontées, le vieil aveugle s'enfermait dans son bureau de la Bibliothèque nationale et venait sur le réseau. Il y restait des heures, sans rien dire. Il écoutait l'espèce humaine. Ainsi, jusqu'au lendemain, il se persuadait tant bien que mal de son existence. La réalité du monde lui semblait si peu certaine...

Le señor Fernandez éteignit, bouleversé, son bijou TS 801. La fenêtre s'était refermée. Là-haut, l'ionosphère ne daignait plus renvoyer le moindre signal. La nuit était tombée. Un ciel maintenant dégagé, piqueté d'étoiles, éclairait la lande. On n'entendait plus rien que le clapotis du courant.

XXXV

Tout à son « trafic », le señor Fernandez avait oublié l'île. Quand il commença de ranger son matériel dans la carriole, il s'aperçut qu'il n'était pas seul. Une foule, survenue à pas de loup (depuis combien de temps?), le regardait travailler.

Mme née Saint-Exupéry s'approcha. Sa chevelure blonde et frisée miroitait sous la lune.

— Je ne vous dérange pas?

Il faillit répondre comme s'il communiquait encore : « F5NLZ vous écoute. »

— Je vous en prie...

Notre chef expliqua la situation, cette *Ada* qui ne voulait pas se laisser traduire, l'hostilité des autorités religieuses, la cruauté des éditeurs parisiens... M. Fernandez accepterait-il de nous venir en aide? Il y avait forcément des francophones très savants parmi ses correspondants. Dans les concours de dictée, c'étaient toujours les amis les plus lointains de la langue française qui triomphaient. Il fallait que tous les hommes et femmes de bonne volonté unissent leurs forces. Et, devant notre troupe émerveillée, elle conclut philosophiquement : Les traducteurs et les radios ne sont-ils pas les irremplaçables truchements du dialogue entre humains, terreau de la paix perpétuelle ?

Le señor avait déjà donné son accord (« Je suis à votre disposition, le TS 801 ne vous décevra pas »), quand elle ajouta avec une grandiloquence soudaine, plutôt inattendue chez cette femme si discrète et pudique, que l'Aéropostale de son ancêtre Antoine participait d'ailleurs du même projet planétaire.

Il fut décidé de se retrouver le lendemain soir, à l'heure où la capricieuse ionosphère daignerait peut-être apporter son concours.

Et c'est ainsi que, chaque jour jusqu'à la fin août, à l'heure où tombait la nuit, nous nous réunîmes autour du señor Fernandez et de son matériel.

En attendant que l'ionosphère voulût bien se réveiller, il nous racontait sa vie. Nous l'écoutions bouche bée, assis en rond sur la lande.

Il avait entamé une carrière de pianiste. Schumann, Chopin... Son toucher plaisait. Sans l'accident du 18 juin 1965, aurait-il atteint la gloire ? Ce jour-là, trébuchant sur le tapis mal arrimé d'un escalier d'hôtel, il était tombé. Tombé *les mains en avant*, donc sans trop de mal. La même, exactement la même mésaventure était survenue en gare de Bruxelles Midi à son maître, l'indomptable, délicate et mythique Clara Haskil. Mais elle, la vraie musicienne, se sentant défaillir, avait rejeté *ses mains en arrière*, pour les protéger. En conséquence, sa tête avait heurté une marche et la mort s'en était suivie.

Tandis que les grooms s'affairaient autour de lui dans leurs uniformes à croquer, vestes rouges à boutons d'or et pantalons moulant les couilles — « Tout va bien, monsieur ? Vous voulez qu'on appelle un médecin ? » —, il se répétait : Tout est clair, je ne suis pas digne, je n'ai pas sauvegardé mes doigts !

Sitôt remis sur pieds, il annula tous ses engagements, brûla son piano muet et se fit photographe. Quelqu'un qui ne sacrifie pas *tout* à la musique, à commencer par sa vie, ne mérite pas le titre de musicien. Installé à Paris, il assurait désormais sa matérielle en vendant des clichés d'actualité à divers journaux hispanophones. Quand son œil se lassait derrière le Leica, il le reposait en tendant l'oreille.

— Quelle existence merveilleusement complète ! s'exclama Mme née Saint-Exupéry.

— Vous aussi, vous êtes bisexuelle ? lui répondit l'Argentin.

Soudain il consulta sa montre et il se précipita vers le TS 801 : l'ionosphère, si le recueil disait vrai, était sortie de son sommeil.

— Appel général de F5NLZ José, je répète : appel général de F5NLZ José. Quelqu'un saurait-il traduire en français « *their immoderate exploitation of physical joy amounted to madness* » ?

Après un long silence étonné, les accents les plus divers répondirent, le chaloupé caribéen, le syncopé africain, le haché vietnamien.

— Ici HH6CD Jean Maximin, bon courage de Port-au-Prince, *exploitation* abstrait, je propose : consommer, dévorer...

— XU7VA Phnom Penh, Khien, encore un attentat communiste, suggestion regrouper *immoderate* et *amounted* dans « prodigalité » : « exploitaient plaisir avec prodigalité ».

Entre deux dialogues avec les habitants de la Terre, le radioamateur retirait ses écouteurs, s'épongeait le front :

— La francophonie est une belle famille !

Mais, pour lui-même, il ajoutait, en se redressant de toute sa petite taille :

— En attendant, l'espagnol envahit les États-Unis !

Quand le ciel restait muet, signe que l'ionosphère refusait ses services, nous reprenions nos discussions, à voix basse, pour ne pas encombrer l'air. Juliette avait préparé des boissons chaudes et des crêpes Suzette plus légères que le vent. Invariablement, la conversation revenait sur les tempêtes. D'insistantes légendes couraient selon lesquelles nos ancêtres auraient fait profession de naufrageurs en cet endroit même, la pointe nord de l'île infestée de récifs et rongée par les courants. Mais était-ce bien le moment de remuer notre passé peu glorieux alors que, pour la beauté d'Ada, tous les gars du monde se tendaient une main fraternelle ?

XXXVI

Ada avait compris. Tout insaisissable et volage et nomade qu'elle était, elle savait qu'elle ne pouvait plus s'échapper de notre planète ni des espaces environnants. Où qu'elle tentât de fuir, un radioamateur, avec l'aide de l'ionosphère, la rattraperait toujours.

Cette sorte d'invisible cage autour d'elle aurait pu l'enrager. Elle préféra y voir le plus beau des hommages. Flattée (n'oublions jamais la part de coquetterie dans sa nature), elle résolut de se montrer plus accommodante. Et d'accepter enfin la demeure somme toute agréable que nous lui proposions : la langue française.

— Enfin ! répétait Gilles, son bonnet marine en bataille, ses lèvres tordues par un ricanement heureux, ses doigts galopant sur l'antique Remington, enfin ! mon Ada, je crois que je te tiens !

XXXVII

Pour son aide, le señor Fernandez méritait bien un cadeau. On lui demanda de faire un vœu. Il réfléchit, fronça les sourcils.

— Je voudrais assister à une coutume locale.

Comme tous les Argentins, fils d'immigrés européens, il avait une passion attendrie pour les rites de nos tribus. On lui dit de patienter deux jours, le temps que le soleil et la lune prissent leurs places. Et rendez-vous lui fut fixé : 22 août, onze heures trente, plage dite du Bec-Sanson, tenue maritime.

Il détestait changer de costume, trop d'amis de Buenos Aires ayant sombré dans les facilités du travestissement. Il arriva sur le sable dans ses vêtements habituels. Il accepta seulement de rouler jusqu'aux genoux les jambes de son pantalon beige. Et c'est ainsi qu'il fut embarqué sur notre Beluga familial, perle à la cravate, cheveux lustrés, chemise rouge, veste de soie blanche, haleine parfumée aux bonbons de réglisse, avec ses appareils en bandoulière : un Leica, deux Nikon (une coutume locale doit être immortalisée).

Un vent léger égayait l'air, la lumière jaune annonciatrice de l'automne enrobait le monde entier d'une sorte de gloire, et une armada couvrait la mer. Des embarcations de toutes sortes : nobles yachts à la coque d'acajou miel, ketchs trapus, fifty-fiftys patauds, canots ronds comme des demi-noix ou défendus de l'avant comme des chasse-neige, gamme infinie des baignoires en plastique, vedettes à cabine aussi haute et grotesque qu'une guérite de sentinelle, boudins noirs Zodiac, canoës, kayaks, yoles à rames, tous hérissés de grands filets menaçants, catalogue complet de tous les objets surnageants possibles, ainsi avait dû apparaître aux yeux allemands la flotte hétéroclite du 6 juin 1944.

Le señor Fernandez s'emplissait les sens. Ses poumons goûtaient l'iode et les relents de gasoil. Ses prunelles, habituées à la teinte unique, chocolat clair, du río de la Plata, se demandaient comment de si nombreuses couleurs pouvaient cohabiter dans la mer : le pur émeraude, l'indigo profond, l'argenté, le noir... Ses oreilles savouraient les engueulades si typiques des familles françaises : « Voilà les femmes à la barre, nous sommes échoués ! », « Oublier le muscadet un jour pareil, tu as le génie pour tout gâcher! », « Si cet enfant n'arrête pas de pleurer, je le jette à l'eau », la même querelle infiniment répétée d'un bateau à l'autre... Et il photographiait, photographiait. *Madre de Díos*, comme Buenos Aires allait apprécier ce pur portrait de la vieille Europe en vacances!

Maintenant, nous étions sortis de la baie et notre ami s'était recroquevillé dans un coin du cockpit pour ne pas gêner les manœuvres. Peut-être souffrait-il d'un début de mal de mer? D'une toute petite voix, il répétait « crevette, crevette ». Il ne voulait pas croire qu'une telle armada, ces dizaines de vaisseaux, s'était mobilisée pour s'en aller traquer un aussi dérisoire animal.

La nounou latiniste qui lui avait enseigné le français avait la manie de l'étymologie : « crevette », déformation de « chevrette », le crustacé qui fait des sauts. Voilà, se dit-il, l'imprévisible richesse des voyages : qui se douterait que la Nation, Conscience du monde depuis 1789, fille aînée de l'Église, preneuse de Bastille et mère de Charles de Gaulle, oui, qui se douterait que ce grand pays n'avait de véritable passion que pour la crevette?

La flotte s'était scindée. Devant, les puants, les bruyants, les vulgaires, les propulsés par les moteurs. Derrière, l'aristocratie inodore et silencieuse, la forêt de voiles qui progressait lentement, comme une caresse sur un front.

Dans le lointain, au beau milieu de la

mer, des monticules de graviers gris passaient, surmontés d'un mât de charge et accompagnés par les mouettes. Quel miracle permanent retient les sabliers de couler ?

Les premiers bateaux avaient franchi le bras de mer et s'égaillaient dans l'archipel. Comme les enfants le jour de Pâques à la recherche des œufs.

Une passe fut empruntée, tapissée de laminaires. Puis une autre, plus étroite. Pour déboucher dans une sorte d'atoll, un étang d'eau verte entouré de sable blanc. Une dizaine d'embarcations désertes se balançaient au soleil et narguaient les retardataires.

L'ancre fut jetée, les voiles abaissées. Notre invité déclina l'offre de nous accompagner. Il est vrai que l'élégance de sa vêture se serait mal accommodée d'une longue promenade besogneuse dans la vase ou les herbiers, de l'eau souvent jusqu'à mi-ventre.

D'une tape affectueuse sur son épaule, un à un nous prîmes congé :

— Bonne chance, José María. Les scènes auxquelles vous allez assister sont typiques de nos régions.

— Vous qui aimez les coutumes locales...

— Les grandes marées sont pour nous des sortes de carnaval, vous comprenez ? Ces jours-là, tout est permis !

— Oui, tout est permis, renchérit, rêveuse et rougissante, Mme née Saint-Exupéry.

Et sans remords nous abandonnâmes notre ami. Un vieil atavisme de chasse s'était emparé de nous, êtres humains parmi les plus civilisés pourtant (traducteurs amateurs). À grandes enjambées, haveneaux brandis comme des lances, nous marchâmes vers nos coins favoris dont le secret s'était transmis de père en fils depuis des générations.

XXXVIII

Le señor Fernandez se retrouvait seul, à douze mille kilomètres de Buenos Aires, infiniment troublé, comme un enfant déjà un peu trop grand réfugié sous la jupe de sa mère. Car les senteurs de la marée basse, ses couleurs chair, ses formes douces, ses végétations prolixes et souples, la fraîcheur de ses humidités étaient, à n'en pas douter, celles de l'intimité d'une femme.

Le señor Fernandez se signa. Il comprenait pourquoi Dieu n'autorisait chaque année que si peu de grandes marées, pourquoi, dans Sa sagesse, Il ordonnait à la mer de recouvrir au plus vite ces espaces tentateurs, à peine les avait-elle exhibés aux humains. Pour échapper à l'émotion qui l'envahissait, il quitta le bateau, Leica et Nikon en bataille, escalada un gros rocher, renouant avec l'antique stratégie des ermites stylites réfugiés au sommet d'une colonne, là où il est loisible d'espérer résister plus facilement aux vertiges des sens.

Le spectacle qui, à perte de vue, s'offrit à lui n'avait rien de breton. On aurait plutôt dit l'Asie. Herbiers, goémons et flaques miroitaient doucement sous la lumière jaune, et des centaines de petites figurines besognaient sans relâche cette rizière géante. Ô les touchants personnages, si jaloux de leurs « coins », si fiers de leurs mystères et qui travaillaient pourtant côte à côte ! Même dilué dans une foule compacte, l'ego du Français chevauche toujours un destrier solitaire.

Les mouettes, un moment dérangées par l'irruption dans leur propriété privée de ce petit homme bardé d'appareils étranges, reconnurent en lui un inoffensif. Et revinrent se poser à ses côtés. Il s'assit au milieu d'elles, comme à l'orchestre d'un palpitant théâtre.

XXXIX

Une femme blonde (décidément, la blondeur était la teinte voulue par Dieu dans ces parages pour les épouses comme pour les enfants) s'approchait. Elle s'arrêta sur une langue de sable clair ondulé par les dernières vagues de la mer descendante. Rien ne la distinguait des autres traqueuses de bouquets *(Palaemon serratus)*. Mais voici qu'elle laissa d'un coup tomber son filet ; d'un geste brusque de l'épaule, se débarrassa de son panier ; dénoua son foulard, les rubans de ses espadrilles ; ouvrit très vite les boutons d'un vieux shetland rouge. Elle portait un short militaire kaki trop grand et, pour le haut, l'uniforme local : le tricot rayé. Elle resta debout au milieu du blanc brillant, couleur incongrue dans cet univers de nuances, de transitions, fixant l'horizon droit devant elle, puis ferma les yeux.

L'homme portait, lui, l'outil du chasseur de crustacés, sa pince-monseigneur, le long crochet noir recourbé du bout pour aller, au fond d'une anfractuosité minuscule, forcer le tourteau, effrayer l'étrille ou décoller l'ormeau. Il tenait aussi le râteau du jardinier maritime, celui qui met au jour, sous la surface du gravier, les praires à la coquille ridée comme la peau des très vieux Chinois.

Il allait passer. Brusquement, il se jeta contre elle. Il avait gardé son attirail. La femme lui ébouriffait les cheveux. Sans un mot, ils glissèrent sur la langue humide.

Pour un tel habitué, comme je l'ai dit, des nuits de Buenos Aires, le spectacle des emportements du corps n'était pas une nouveauté. En revanche, l'accompagnement sonore le bouleversa. Ces gens, tout en se chérissant, se parlaient. Parlaient à haute et joyeuse voix, comme si, plus encore que par les gestes, le bonheur leur venait des mots : « Oh, merci pour cette envie de toi. » « D'où te vient cette douceur ? » « J'ai tant rêvé de ta peau. » « Je crois que je n'aurai plus jamais peur. » « Tu m'emmènes avec toi. »

Tous les signes de l'amour physique en train de se faire, qu'il avait si vainement traqués depuis le début de son séjour, montaient maintenant vers lui comme une musique enivrante, cadeau de la France éternelle, gourmande et forniquante, celle de Rabelais et Maupassant, à son visiteur étranger.

Il changea d'appareil et d'objectif, vissa sur son Nikon n° 2 un 400 mm et, abandonnant à leurs aventures ses voisins les plus proches, balaya la rizière bretonne.

Çà et là, jusqu'à l'horizon, tandis qu'autour d'eux une armée d'imperturbables continuaient leur pêche, des hommes et des femmes, sur le sable ou les goémons, au bord des mares ou adossés aux rochers, se donnaient du plaisir.

Et n'allez pas croire que tous ces accouplements n'étaient qu'adultérins, comme celui qui continuait de se dérouler à ses pieds. Le señor Fernandez reconnaissait parfaitement dans son viseur des couples qu'il avait vus et entendus, au sortir de la baie, s'engueuler avec l'aigreur et le ressentiment qui indiquent sans risque d'erreur la durée et la légitimité d'une relation.

Pauvres îliens! Contraints au secret et au silence par la promiscuité régnant dans les maisons de famille surchargées, ils profitaient avec ivresse des vastes espaces libérés, le temps de quelques quarts d'heure, par le jusant (coefficient 115). Et les voyeurs du sémaphore, minuscule tache blanche à peine discernable dans le lointain, auraient beau scruter l'horizon de leurs lunettes les plus puissantes : peine perdue! Ces frénésies resteraient hors de portée de leur surveillance sourcilleuse et puritaine.

Ô la belle fête humaine sous la danse moqueuse et peut-être envieuse des goélands[1]!

1. Permettrez-vous au narrateur une brève indication biographique? Né un 22 mars, il fut, selon toute probabilité, conçu lors d'un tel bas de l'eau, le 18 juin précédent [coefficient 108].

Au-dessous de l'Argentin, les deux amants trempés s'étaient relevés et, debout face à face, se regardaient. Notre ami ferma les yeux. Il avait sa morale : autant l'on peut lorgner sans vergogne tous les états des corps, autant il faut laisser dialoguer tranquillement les âmes. Mais sa résolution ne tint pas longtemps. Très vite, il desserra les paupières.

La femme avait pris la tête de l'homme dans ses mains. Une gravité désespérée les avait envahis.

— À l'année prochaine, dit la femme.

— Prends soin de toi, dit l'homme.

Ils s'arrachèrent, se tournèrent le dos et, d'un pas trop décidé, s'en furent vers quelque chose qui, selon toute probabilité, devait être leur mariage à chacun.

Il se rendit compte alors que, d'émotion, il avait oublié d'appuyer sur le déclencheur. Les coutumes locales ne seraient jamais immortalisées.

XL

Durant tout le trajet du retour, tandis que nous commentions à l'envi nos aventures et comparions nos prises encore frétillantes, notre invité se tut. Il nous quitta sans une parole, toujours perdu dans ses pensées. Nous le vîmes partir en souriant. Nous avions deviné sa destination : le tertre dit de l'Orvet, le meilleur de nos observatoires. L'y attendait une triste surprise que nous connaissions bien : l'horizon était sage. La Manche, en montant, avait tout recouvert : les gestes, les mots et les lieux d'amour. C'est là que, très tôt dans nos vies, nous avons compris que la mer est l'image du Temps.

XLI

Bien sûr, nous parlions de Gilles au señor Fernandez, lequel chaque fois s'exclamait :

— Quel personnage fascinant que votre ami, et si désespéré !

De même, nous racontions au principal intéressé les exploits ionosphériques de l'Argentin :

— Un homme qui a le ciel pour complice... marmonnait le traducteur sans jamais conclure.

Mais, rivalisant de prétextes, ils trouvaient toujours moyen de s'éviter. Et jamais, jusqu'au dernier jour, ils ne se rencontrèrent, en dépit de la proximité de leurs maisons que deux pas seulement séparaient.

Peut-être la nostalgie du piano était-elle trop violente chez chacun de ces deux anciens musiciens ? Ils craignaient de la raviver en se présentant l'un à l'autre.

Peut-être aussi une histoire très personnelle les avait-elle réunis, du temps où Jean Cocteau vivait encore, et ne voulaient-ils à aucun prix se laisser reprendre à son piège?

XLII

Le 31 août, vers quatre heures du matin, les ardoises commencèrent de claquer sur les toits. Les cloisons de sapin grincèrent. Le vent miaula sous les portes. L'ombre des arbres battait la mesure et les drisses des bateaux cliquetaient dur contre les mâts. Le ciel, d'un noir d'ébène, avait décidé de quitter nos régions. À grande allure, il s'enfuyait vers le sud. Quand sonna l'heure, le jour ne se leva pas. On aurait dit qu'une trappe s'était ouverte là-haut, au grenier des galaxies, et que la nuit se déversait sur la terre.

L'île semblait tanguer, tirer sur ses amarres. C'est en ces moments là, au plus fort des rafales, que nous rassurait la présence de tous nos dictionnaires, nos encyclopédies, la documentation gigantesque et inutile accumulée par nos thésards perpétuels. Quoi de plus pesant que ces ouvrages, ces tonnes de papier compressé? Ils nous servaient d'ancrage et de lest. Sans eux, notre île aurait depuis longtemps chaviré. Ou bien dérivé, allez savoir jusqu'où ? On entendait déjà des craquements sourds dans le sol. L'ouragan cherchait à nous arracher au granit, comme une dent.

Souvent je me dis que les Caraïbes sont des morceaux de Finistère volés à la Bretagne par un nordet force 12 et poussés vers l'Amérique par ses cousins alizés. J'avoue que j'aurais aimé participer au voyage.

Le long de la baie, le recteur marchait, le corps penché vers l'avant, comme un sauteur à skis au moment de l'envol. Des deux mains il tentait de retenir sa barrette sur sa tête. N'y réussissant pas, tant les bourrasques étaient fortes, il s'arrêta, hésita : aucune poche de sa soutane violentée par le vent n'était assez vaste pour l'encombrante coiffure. Il regarda tout autour de lui. Personne. Il était seul dans ce monde déchaîné. Il se pencha, cacha le tricorne sous un ajonc, se signa, pria rapidement le Très Haut de le protéger contre d'éventuels voleurs, et recommença à batailler contre la folie de l'air.

Pourquoi cet acharnement à braver les éléments alors que tous les autres îliens restaient tranquillement chez eux à jouer au passe-temps obligé les jours de tempête : on tapote la vitre du baromètre, on lève les bras au ciel, on s'écrie : « Mon Dieu, quand va-t-il s'arrêter de baisser ? », et l'on recommence à tapoter. Portait-il à quelque malheureux les réconforts de l'extrême-onction ? Mais, dans ce cas, même par ce temps furieux, un enfant de chœur l'aurait précédé. Mètre après mètre, le bon recteur progressait. À ses pieds, la mer, couleur vert bronze, avait repris de plus belle sa guerre millénaire contre le granit. Sans relâche elle assaillait la côte et, de temps en temps, les embruns montaient jusqu'à l'homme d'Église, malgré la hauteur de la falaise.

Il ne restait plus qu'une journée pleine avant la date limite, le fatidique 1er septembre. Nous devions presser encore l'allure. Aucun des traducteurs amateurs ne s'était couché. Nous nous appelions d'heure en heure pour échanger des renseignements ou ranimer mutuellement notre ardeur. Après la récréation du baromètre, je m'en retournai à ma table de travail. Il me fallait remettre avant midi une première version de la dernière page de rabat, celle qui résume le livre : « *Le reste de l'histoire de Van a pour sujet — présenté d'une manière franche et colorée — sa longue aventure amoureuse avec Ada... »*

Gilles relirait, bifferait, corrigerait, tout en se caressant de la main gauche son bonnet de laine ; il lui épousait si parfaitement le crâne qu'on eût volontiers prêté à notre ami une calvitie bleu marine.

Au cœur du vacarme météorologique, il n'était pas facile de suivre le gazouillis apaisé et cristallin de Nabokov : « *Une galerie treillissée ; un plafond peint ; un joli jouet échoué parmi les myosotis d'un ruis-*

171

seau... » La porte, surtout, résonnait comme un tambour, jalouse qu'on ne s'intéressât pas à elle malgré toutes les souffrances qu'elle endurait. Pris de pitié, j'allai lui flatter le bois, caresser sa poignée.

— Et, en plus, vous êtes sourd !

Le recteur sans barrette se tenait sur le seuil. Il dansait d'un pied sur l'autre la gigue d'un homme envahi par un besoin pressant. Je lui proposai d'entrer. Le courant d'air éparpillait mes pauvres pages, chamboulait mes gribouillages. Sans répondre, il me montra le ciel :

— Vous avez compris, j'espère ?

De l'index droit, il pointait le galop noir des nuages.

Une fois de plus, l'Irlande nous avait gentiment fourgué une dépression sévère. Rien de bien nouveau. Qu'y avait-il à comprendre ?

— Vous savez ce qui s'est passé quand la Bible fut traduite en grec ?

J'avouai mon ignorance.

— Ce jour-là, le monde s'obscurcit trois jours durant. Je ne suis pas toujours d'accord avec eux, mais les Juifs sont formels : une nuit de trois jours. On ne joue pas avec ces choses-là. Dieu a puni les bâtisseurs de Babel. Les îles sont fragiles. Je vous aurai prévenu.

Et il repartit sans un au revoir, marmonnant son refrain : « Inconscients que vous êtes, les îles sont fragiles... », bientôt repris par le vent : « îles.... fragiles... ».

172

Sa silhouette penchée de sauteur à skis s'enfonça peu à peu dans les fougères.

Il continuait sa tournée d'ultime mise en garde.

XLIII

Ce 1er septembre, les traducteurs amateurs et leurs familles s'étaient donné rendez-vous sur la terrasse Lordereau. Et déjà
s'entassaient sacs, valises, poussettes,
vélos multicolores, trésors de guerre arrachés à l'été (galets presse-papier, bois
d'épaves, collier d'os de seiche, nid gigantesque : sûrement d'albatros...), spécialités
îliennes indispensables pour supporter le
retour à Paris (gigot de pré-salé, pains aux
neuf céréales, jattes de riz au lait, boutures
de géraniums, hideux objets d'art rempor-
tés de haute lutte aux régates, bouteilles
d'eau de mer contre les sinusites à venir,
etc.). Et, comme chaque fois, les pères de
famille tournaient en grondant autour de
la montagne sans cesse croissante à
mesure que s'avançait la matinée : « Et
vous croyez que je vais accepter ce caphar-
naüm dans MA voiture ? »

Pendant ce temps-là, une minuscule
Véronique courait en tous sens dans le jardin, plongeait désespérément dans les hor-

tensias, furetait sous les fusains, les fuchsias... « Gontran ? Où es-tu, Gontran ? » Lequel Gontran, lapin beige de son état, gagné par la fillette à la kermesse du 15 août, avait fort opportunément disparu.

Au-dessus, bien au-dessus de ces agitations rituelles, animales et humaines, d'un œil-de-bœuf percé dans le granit au sommet de la maison, un phénomène ophtalmologique prénommé Patrick, neuf ans, douze dixièmes du côté droit et treize de l'autre, à moins que ce ne fût l'inverse, guettait.

La tempête avait encore empiré. Le vent torturait la mer, la creusait, la touillait, lui râpait les crêtes. Elle se vengeait sur les bateaux à l'ancre. On ne comptait plus les mâts abattus. Corps mort arraché, un Muscadet dérivait vers les rochers du Bec-Sanson. Un homme dans une plate, godillant furieusement, le poursuivait en hurlant son nom : « *Pen tou pen, Pen tou pen !* ». Seules les mouettes ne participaient pas au combat. Elles se laissaient planer d'un bout à l'autre de l'horizon, moqueuses et méprisantes, comme des observateurs suisses considérant, du haut de leur aéroplane, l'agitation de Verdun. Vers midi parut la vedette.

— La voilà, la voilà ! hurla le phénomène. C'est la *Mésange.*

— Mon Dieu, mon Dieu...

— Cette manie d'arriver toujours en avance.

— Tu en as de bonnes... La marée n'attend pas !

Sur la terrasse, épouses et maris s'affrontaient de plus en plus durement en une guerre triviale pour le motif, mais qui semblait plonger au tréfonds de leurs angoisses respectives : les femmes tremblaient d'oublier quelque chose, les hommes suffoquaient déjà d'avoir tant à transporter. Lutte éternelle entre sédentaires et nomades.

— Allons, allons, mes enfants, répétaient Marguerite et Colette, les deux grand-mères tutélaires, sourire crispé aux lèvres et bras au ciel, terrifiées par ces couples soudain disloqués, ces morceaux de mariage entre lesquels le vent s'engouffrait, sardonique.

Avant même d'aborder, la vedette donna de la sirène : hâtez-vous, vacanciers inconscients, et priez Dieu !

Serrés les uns contre les autres, un bloc jaune d'une trentaine de cirés de toutes tailles, nous attendions le moment propice pour nous lancer sur la jetée. Ensemble, enfants et parents, nous comptions les vagues : une, deux, trois... La légende veut que la septième soit la plus méchante. Les légendes ne mentent pas. À peine le chiffre six fut-il prononcé par toutes nos voix terrifiées qu'une montagne verte et blanche se dressa et s'abattit sur la *Mésange*. Quelqu'un cria : « Maintenant ! », et, bravant les ruissellements, la troupe canari sauta et commença de courir, courir à perdre haleine, courir, bambins dans les bras et paquets à la main, courir sur l'interminable ruban de granit.

— Plus vite ! criaient les grand-mères de leur promontoire, plus vite ou vous n'y échapperez pas !

Les marins nous hissèrent à bord juste à temps : un nouveau cataclysme noyait la vedette.

C'est alors que nous vîmes arriver Gilles, tout en haut du chemin, comme si de rien n'était, ni tempête épouvantable en cours, ni bateau qui talonne, ni progéniture qui commence à verdir : « Maman, ça va durer longtemps les secousses ? », ni éditeur attendant son dû de l'autre côté de l'eau depuis plus de mille ans, ni capitaine à bout de patience donnant l'ordre de larguer.

Il poussait son vélo, lequel tirait une carriole pleine de chats : pour rien au monde ils n'auraient manqué ce jour de gloire. Gilles avait revêtu sa veste de coutil blanc, celle qu'il portait devant Cocteau quand il déchiffrait pour lui Couperin. Le pantalon assorti avait dû disparaître, égaré dans les voyages ou bien rongé par les vicissitudes de la vie. En dessous du coutil godait un velours hors d'âge.

Avec une lenteur solennelle et on ne peut plus exaspérante (le capitaine, dont la vedette souffrait de toutes ses membrures, marmonnait : « Celui-là est fou, celui-là est plus que fou », avec des envies de meurtre dans les yeux), il défit les nœuds qui retenaient l'Ada française (un dossier gris) prisonnière sur le porte-bagages.

Et, à son tour, s'engagea sur la jetée.

Fêté par les mouettes, un coutil blanc marchait au milieu de la mer. Lentement, posément, noblement, crânement, comme on passe des troupes en revue. Et la mer ne bougeait pas, sidérée par ces manières hautaines. Et puis la mer a ses règles : on agresse sans vergogne les soldats du mauvais temps, les hideux cirés, mais un coutil si vulnérable ?

Le costume de ville se rapprochait. On pouvait maintenant discerner les chaussures de cuir rouge qui prolongeaient le pantalon et louvoyaient entre les flaques. La mer se décida : il ne serait pas dit qu'on puisse ainsi la narguer sans conséquence ! Par trois fois elle se dressa et engloutit l'impudent. Le dernier assaut faillit être fatal. Le torrent l'emportait. Il se rétablit par miracle à l'extrême bord du quai, resserra sa cravate et, sous les applaudissements, nous rejoignit.

Il leva vers nous le gros dossier gris qu'il avait tant bien que mal protégé de la cataracte. Il cherchait la personne à qui remettre le chef-d'œuvre. Yeux clignotants, bouche tordue par un rictus, il s'approcha du señor Fernandez et lui tendit l'enfant par-dessus le très mouvant bastingage.

— Je vous le confie. À d'anciennes mains de pianiste...

Il salua d'un geste rapide, « merci, à l'année prochaine ». La vedette s'éloignait déjà du quai, la quille avait dû racler fort, la mer bouillonnait de sable. Il reprit son vélo, retrouva ses chats. Ensemble, coutil blanc, velours et fourrures, ils gravirent le petit raidillon agrémenté de pancartes « propriété privée, entrée interdite, passez par la plage ». Et disparurent de nos vues.

XLIV

Pauvre Ada, dans quelle aventure l'avions-nous entraînée ? Chahutée, trempée d'embruns, peut-être même nauséeuse, comme elle devait regretter la terre ferme de son enfance, le parc du château d'Ardis et ses pommiers de Chattal dont elle aimait tant chevaucher, cuisses serrées, le tronc rafraîchissant !

Pauvre Ada française ! En elle nous avions mis tout notre amour, notre passion coupable pour les métaphores, et voici qu'elle s'écoulait lentement, goutte à goutte sur le plancher de la cabine où nous l'avions transportée.

Mme née Saint-Exupéry avait ouvert le dossier gris. Notre troupe faisait cercle, hissée sur la pointe des pieds et tête penchée, pour mieux voir, comme des badauds autour d'un accidenté.

Misérable Ada, jeune fille et femme dévastée, pages collées, lignes effacées ; les corrections manuscrites avaient bavé, maculant des paragraphes entiers. L'épisode, par exemple, où Van, pour résister à la tentation de céder à sa belle-sœur Lucette, gagne la salle de bains, s'y enferme et y déleste « *hardiment les ballasts de la lubricité* », avait pris une teinte bleutée plus propice au Petit Prince qu'à un valeureux combat contre l'inceste.

Notre Ada nous quittait, elle tirait doucement sa révérence, elle regagnait le blanc de la feuille d'où Vladimir, le chasseur de papillons, l'avait sortie ligne après ligne en sifflotant.

— Mon Dieu, répétait Mme née Saint-Exupéry, elle s'efface, regardez, ô mon Dieu, elle s'efface...

Le thésard perpétuel prit la direction des opérations. Malgré le roulis de plus en plus violent, les feuillets menacés furent étalés sur les bancs. Nous tirâmes qui un mouchoir, qui un foulard. Ou faute de mieux, un pan de chemise. Et ainsi, avec un soin d'infirmière, nous séchâmes une à une les parties les plus trempées de notre chère Ada, le moment où Van se bat en duel avec son rival Percy, celui où la trop serviable Cordula remonte dans un hôtel miteux sa jupe coquelicot et, par deux fois, donne bien du plaisir à qui se trouvait là...

Blottis dans le fond, contre les bouées de sauvetage moisies, les enfants prenaient tant d'intérêt à notre ballet qu'ils en avaient oublié l'envie de vomir.

— La dame dans les feuilles, là, elle va revenir ?

— Oui mon chéri. Je crois que nous sommes arrivés juste à temps.

Jugeant le sauvetage bien engagé, je remontai sur le pont.

La *Mésange* sortait de la baie. Toutes les secousses précédentes n'étaient qu'amuse-gueules. La mer allait maintenant s'occuper sérieusement de nous, coupables, infiniment coupables de l'avoir dédaignée deux étés durant. On pouvait lui faire confiance : pour nous engloutir, elle userait de tous ses talents, hargne et ruse.

Au loin, sur la terrasse, près du laurier géant tordu comme un olivier, s'agitaient deux petites formes sombres accrochées à un gigantesque carré blanc. C'était leur habitude : Marguerite et Colette hissaient toujours une voile, pour entrer dans l'hiver.

Épilogue

« Monsieur le Directeur général,

Conformément à la haute mission dont votre bienveillance a voulu me charger, je me suis, les 10 et 11 août derniers, rendu sur les lieux qui retiennent votre vigilante et légitime attention.

Même si les émotions esthétiques ne doivent pas influer sur le jugement d'un fonctionnaire-enquêteur, il m'est impossible de ne pas livrer à votre information le fait suivant : le paysage qui s'offre au voyageur tout au long des lacets descendant vers la mer coupe le souffle. Imaginez la plus vaste des étendues bleues saupoudrée jusqu'à l'horizon de centaines de rochers roses entre lesquels glissent des voiles de toutes formes. Au loin, l'île principale, qui paraît verdoyante, veille sur cette grande famille à fleur d'eau... »

Ainsi, j'en mettrais ma main au feu, commencera la dernière vie de notre archipel : par un rapport officiel au directeur général de l'Unesco recommandant le classement de notre paradis au patrimoine de l'Humanité, catégorie « réserve linguistique ». Il nous suffit d'attendre un ou deux siècles. Peutêtre moins.

On viendra sur notre île pour des sortes de retraites. Pour y vivre dans cette très vieille langue presque oubliée, le français, quelques épisodes choisis de l'existence : une « redécouverte de la jalousie » (quinze jours), « les plaisirs de la tristesse » (une semaine) ou, si l'on préfère éviter l'univers des sentiments, « le glossaire de la mer » (un trimestre), « nommer un jardin » (deux mois)...

Les visiteurs repartiront ravis, riches de subtilités nouvelles, affronter la grisaille de la Langue mondiale.

Ce temps n'est pas encore venu, même si déjà bien des années se sont écoulées depuis les deux étés que je viens de raconter.

En apparence, rien n'a changé. Les goélands ricanent, les hortensias poussent, la mer monte et descend. Au printemps, les hérissons se promènent. Dans le journal paroissial, pour tenter de nous redonner le sens du divin, le recteur raconte de belles histoires d'ermites. Comme ses prédécesseurs. On se presse toujours au bar du Chardon Bleu. On y déteste Paris jusqu'à plus soif. On se souvient des endroits de légende où plus personne ne va jamais, le Tonkin, le cap Horn.

Tout à l'heure vont surgir au bout du chemin mes deux vieux camarades survivants de l'époque heureuse, quand tous ensemble nous traduisions **Ada**. *Je sais ce qui les amène.*

— On y va?

Certains soirs, dans une île, on étouffe. Toutes affaires cessantes, il faut s'embarquer. De plus en plus souvent, nous passons la nuit mouillés au milieu de l'archipel. Nous n'avons plus l'âge des grands voyages, mais les courants qui nous entourent donnent l'impression de naviguer.

Le vent tombe à mesure que la lumière s'éteint. C'est l'heure où il faut commencer à tendre l'oreille.

Quelles sont ces syllabes lointaines qui se mêlent aux clapotis de l'eau contre la coque, bruissements d'algues et autres froissements d'ailes?

Luulevaisuus, zakochany, servero africka klobasa, gyönör, statornicie, mortväcki ples... *J'ai tout noté sur mon carnet. À l'école des Langues orientales, j'ai consulté des lexiques. La traduction ne m'a guère éclairé : jalousie, amoureux, merguez, volupté, fidélité, danse macabre... Quel drôle de roman relierait ces mots épars?*

Je ne serais pas étonné que nos îlots aient accueilli, tant de siècles après les moines, des parleurs de « petites langues ». Les

189

Albanais sur Lavrec; les Tchèques à bâbord, campés sur Beniguet... Plus au sud, les Finnois sur Raguenez; les Basques au large, sur Maudez... Pour mieux les entendre, il faudrait s'approcher. Sans doute s'enfuiraient-ils. Ils savent que leurs parlers sont mortels.

Pourquoi, dans la nuit, cette sarabande de syllabes fait-elle tant penser à des noces? Des noces débridées. Les familles se sont mélangées. On ne sait plus qui se marie avec qui. Les mots dansent entre eux. Ils se donnent, comme ils peuvent, du bonheur...

Épaule contre épaule, mes compagnons dorment déjà. Je connais bien le sourire enfantin qui passe et repasse sur leurs lèvres. De nouveau doit les enchanter une gitane russe de douze ans dont les jambes nues sentent la résine de pin.

Mon rêve à moi va m'emporter, toujours le même depuis quarante ans : une régate de dictionnaires. Ils flottent sur l'eau, ouverts en leur milieu, et virent lentement autour de l'île. Le vent feuillette leurs pages. Elles se dressent dans l'air, l'espace d'un instant. Alors elles ressemblent aux voiles carrées du légendaire radeau Kon Tiki qui traversa, un an après ma naissance, la moitié du Pacifique.

Du même auteur :

AUX ÉDITIONS FAYARD

Besoin d'Afrique en collaboration avec Eric Fottorino et Christophe Guillemin, 1992, Le Livre de poche n° 9778

Histoire du monde en neuf guitares, accompagné par Thierry Arnoult, roman, coll. « Libres », 1996

AUX ÉDITIONS DU SEUIL

Loyola's Blues, roman, 1974, coll. « Points Roman » n° R 344

La Vie comme à Lausanne, roman, 1977, prix Roger-Nimier, coll. « Points Roman » n° R 371

Une comédie française, roman, 1980, coll. « Points Roman » n° R 55

L'Exposition coloniale, roman, 1988, prix Goncourt, coll. « Points » n° P 30

Grand Amour, roman, 1993, coll. « Points » n° P 11

Mésaventures du Paradis, en collaboration avec Bernard Matussière, 1996

AUX ÉDITIONS RAMSAY

Ville d'eau, en collaboration avec Jean-Marc Terrasse, 1980.

Composition réalisée par EURONUMÉRIQUE

IMPRIMÉ EN FRANCE PAR BRODARD ET TAUPIN
Usine de La Flèche (Sarthe).
LIBRAIRIE GÉNÉRALE FRANÇAISE - 43, quai de Grenelle - 75015 Paris.
ISBN : 2 - 253 - 14484 - 3 ◈ 31/4484/7